Where the Cinnamon Winds Blow

Donde soplan los vientos de canela

Where the
Cinnamon Winds Blow

Donde soplan
los vientos de canela

JIM SAGEL

R·E·D
CRANE
BOOKS

SANTA FE

First Edition

Manufactured in the United States of America

Design by Paulette Livers Lambert

Cover and frontispiece paintings and text illustrations by Bernadette Vigil

Library of Congress Cataloging-in-Publication Data

Sagel, Jim.
      Where the cinnamon winds blow – Donde soplan los vientos de canela
/ Jim Sagel. — 1st ed.
            p.   cm.
      English and Spanish.
      Summary: Tomás searches for maturity and knowledge of his dead
father, with the aid of his great aunt tía Zulema's magical eyeglasses and deck of
playing cards.
      ISBN 1-878610-32-5
      [1. Fathers and sons—Fiction.   2. Great-aunts—Fiction.
3. Magic—Fiction.   4. Spanish language materials—Bilingual.]
I. Title.   II. Title: Donde soplan los vientos de canela.
PZ73.S253   1993   93-15147
                                                                                          CIP
                                                                                          AC

Red Crane Books
826 Camino de Monte Rey
Santa Fe, New Mexico 87501

for my father, with respect and love

CONTENTS / CONTENIDO

ONE

The Best Candies in the World

UNO

Los mejores dulces del mundo

Tía Zulema tiene los mejores dulces del mundo. Son de canela, y te queman la lengua como China.

Se me ocurrió robarle uno el día que llegué a su casa y la hallé dormida. Sé que guarda el platito de *vidrio* tallado con los dulces en la repisa más alta de la alacena. Pero no me atreví a llevarme uno, porque tía Zulema sabe cuántos tiene. —Los tengo contados, igual que mis dientes —dice con los ojos risueños.

Lo que sí hice cuando descubrí roncando a tía Zulema en su mecedora, fue ponerme sus anteojos. Bueno, se le habían caído al suelo. Al recogerlos, se me ocurrió ponérmelos aunque los lentes son tan gruesos como un dedo gordo.

Pensé mirarme en el espejo, pero me dolió la *güeja,* como dice mi mamá cuando C.M. y yo nos peleamos. C.M. es mi hermana mayor. A ella nunca le ha gustado su nombre, Cresencia Marta; por eso, prefiere usar sus iniciales. Pero a todo el mundo le dice que "C.M." significa: "Cielo Místico." ¡Así es mi hermana!

—En este mundo, yo lo he visto todo —reclama tía Zulema, y ahora sé por qué lo dice como si las mismas palabras le picaran la boca. Al mirar con sus anteojos, yo también lo vi todo aquella tarde. Me lastimaron tanto que me los quité sin más ni más.

Fue como el dolor que le da a uno al tomarse un refresco helado demasiado rápido el día más caliente de julio. A mí me pegó en la frente sobre la nariz. Según C.M., es el lugar donde nosotros, los seres humanos, teníamos un tercer ojo en los tiempos olvidados. A veces, mi hermana puede ser muy embustera.

Pero tal vez tenga razón, porque los anteojos de tía Zulema me hicieron arder el tercer ojo invisible como si

Tía Zulema has the best candies in the world. They're cinnamon, and they burn your tongue like China.

I thought about stealing one the day I stopped by her house and found her sleeping. I know she keeps them in a cut glass bowl on the top shelf of her kitchen cabinet. But I didn't dare take a candy, because my great aunt, *tía* Zulema, knows how many she has. "My candies are numbered, just like my teeth," she says with a smile in her eyes.

What I did do when I discovered *tía* Zulema snoring in her rocking chair was put on her glasses. They had fallen to the floor. When I picked them up, I got the idea of trying them on, even though the lenses are as thick as my thumb.

I wanted to look at myself in the mirror, but I had a "pain in the brain," like Mama gets when C.M. and I fight. C.M. is my older sister. She's never liked her name, Cresencia Marta, so she uses her initials. But she tells everyone they stand for "Crescent Moon." That's my sister.

"I've seen everything in this world," claims *tía* Zulema, and now I know why she sounds like those words hurt her mouth every time she says them. When I looked through her glasses that afternoon, I saw everything, too. It hurt so much I took those glasses off in a flash.

It was like the pain you get when you drink a cold soda too fast on the hottest day in July. It hit me in the forehead right above my nose. C.M. thinks that's the place where we human beings used to have a third eye in the forgotten times. Sometimes my sister can tell some pretty big stories.

But maybe, this time, she's right because *tía* Zulema's glasses started a fire in my invisible third eye as if I had

me lo hubiera refregado después de pelar chile. El mundo se me llenó de lágrimas sin que yo estuviera llorando. No que yo esté acostumbrado a llorar.

No sé cómo hace tía Zulema para aguantar el dolor cuando mira con esos anteojos que lo ven todo. A lo mejor no tiene un tercer ojo—o ya se le ha secado, porque tía Zulema es muy anciana. Los surcos que tiene en la cara son como los que corren por las lomas después de un aguacero. Pero sus ojos le bailan como si tuvieran su propia vida. Parecen doble más grandes de lo que son detrás de esos lentes de microscopio, pero con ellos ve mejor.

Es en el cielo donde lo ve casi todo. Yo sólo veo una nube en forma de águila, otra como la cara de mi papá con bigote, así como se mira de guapo en las viejas fotos.

Bueno, yo ya no tengo papá. Mi padre murió en la Guerra cuando yo apenas tenía tres años. Se llamaba Tomás, como yo.

Tía Zulema dice que me parezco mucho a mi papá cuando él era niño. A cada rato me dice que yo tengo el pelo ondulado y los ojos negros como él.

Mi tía debe saber porque ella crió a mi papá. El era el menor de diez hijos, y como mi tía no tenía hijos, pues se lo prestaron a ella para que lo criara como su propio hijo. Así era la costumbre en aquel entonces. El se quedó con tía Zulema hasta que lo mandaron a la escuela secundaria en Albuquerque.

Me imagino que tía Zulema también le platicaba a mi papá todas las maravillas que ella veía en el cielo—señas, pronósticos, historias. Bueno, mi tía dice que la mayor parte de los problemas del mundo se resolverían si la gente sólo levantara la cabeza.

—Hay gente que tiene tanto miedo de dar un mal paso

rubbed it after peeling hot chile. The world filled up with tears, and I wasn't even crying. Not that I'm a crybaby.

I don't know how *tía* Zulema can stand the pain when she looks through those glasses that see everything. Maybe she doesn't have a third eye—or it might have dried up by now, because she is awfully old. Her face has so many lines it looks like the hills do after a big rainstorm. But her eyes dance with a life of their own. They're twice the size behind those microscope lenses, but they can see twice as much, too.

Tía Zulema does most of her seeing in the sky. All I've been able to make out is a cloud that looked like an eagle, and another one shaped like Papa's face with that handsome mustache he has in the old photographs.

I don't have a father anymore. He died in the War when I was only three years old. His name was Tomás, just like mine.

Tía Zulema says I look just like my papa did when he was a kid. She's always telling me that I have the same wavy hair and black eyes.

My aunt should know because she's the one who raised my papa. He was the youngest of ten children, and since *tía* Zulema didn't have any family, they sent my papa to her to raise as her own son. That's the way they used to do it. He stayed with *tía* Zulema until he went to high school down in Albuquerque.

I bet *tía* Zulema must have also told my papa about all the wonderful things she sees in the sky—signs, predictions, stories. My aunt says most of the world's problems could be solved if people would just lift their heads.

"Some people are so scared of tripping over their own feet that they go through their whole lives without ever

que puede pasarse la vida entera sin mirar *pa'rriba*. Andan con el *hocico* en el suelo, como hacen los marranos —dice, con esa risa que le hace saltar la barriga como si todo su cuerpo quisiera reír.

Hay veces que el sol también se ríe, así como lo dibujo en mi cuaderno. Pero tía Zulema ve más que la sonrisa del sol. —Si hay un "ojo de buey" alrededor del sol, no importa cuánto brille, habrá tormenta —dice, y siempre tiene razón.

También de noche mira al cielo para pronosticar el tiempo. Ella dice que hay tres estrellas que se llaman las "Tres Marías." Son las más brillantes del cielo, y aparecen donde sale el sol. Con sólo mirar las "Tres Marías," tía Zulema puede saber si la mañana traerá sol, lluvia, o tal vez nieve.

El profesor González dice que eso es una "tontería." Cuando le dije lo que tía Zulema me había contado de las "Tres Marías," él me respondió —Esa hilera de tres estrellas forma parte de la constelación de Orión, y no tiene nada que ver con el tiempo.

Aunque sea el maestro, me parece que no tiene derecho de criticar a tía Zulema. Sus anteojos son casi tan gruesos como los de ella, pero al parecer no le sirven mucho. Pues, ni se da cuenta cuando Miguel copia de mi papel durante los exámenes.

Algún día yo quisiera ser científico, porque me gustan los experimentos que hacemos en la clase del profesor González. Pero yo sé que hay muchas cosas que ni los científicos pueden explicar.

Un buen ejemplo es "Sueño"—así se llama el gato de tía Zulema. Una noche soñé con un gato de muchos colores—amarillo, negro, blanco, *acafetado*, pardusco, y quién sabe qué más. Fue un sueño muy raro para un daltoniano como yo.

looking up. They walk around like pigs do—you know, with their noses scraping on the ground," she says with that laugh of hers that makes her stomach shake all over like her whole body would like to join in the laughter.

Sometimes the sun laughs, too, like in the drawings I do in my notebook. But *tía* Zulema can see beyond the sun's smile. If there's an "eye of the ox" around the sun, it doesn't matter how brightly it may be shining. A storm is on its way, she says, and she's always right.

Tía Zulema also watches the sky at night to predict the weather. She says there are three stars called the "Three Marías." They're the brightest stars in the sky, and they come out where the sun rises. Just by looking at the "Three Marías," *tía* Zulema can tell if the morning will bring sunshine or rain or even a snowstorm.

My teacher Mr. González thinks that's just pure "nonsense." When I told him what *tía* Zulema had said about the "Three Marías," Mr. González said, "Tomás, that row of three stars is part of the constellation Orion, and it has nothing to do with the weather."

Even though he is a teacher, I don't think Mr. González has the right to find fault with *tía* Zulema. His glasses may be nearly as thick as hers, but they don't seem to do him much good. He doesn't even notice when Miguel copies from my paper when he gives us tests.

I want to be a scientist someday because I love to do the experiments in Mr. González's class. But I know there are some things that even scientists can't explain.

A good example is "Dream"—that's *tía* Zulema's cat. One night, I had a dream about a cat that had all kinds of colors—yellow, black, white, brown, grey, and a bunch of others. It was a very strange dream for somebody who's color blind like me.

Recuerdo mi primer día de escuela. La maestra de *primer libro*, la hermana María de la Cruz, nos puso a dibujar. Cuando le enseñé mi retrato, me preguntó, —¿Por qué pintaste un caballo verde—? Para mí, era el color más parecido al de la vieja yegua de mi abuelo.

Desde ese día en adelante supe que yo no veo los colores como los demás. Pero no importa porque mi mejor amigo, Miguel, me ayuda con los colores, como yo le ayudo a él en la clase de ciencia.

Aunque el profesor González dijera que es una "tontería," el sueño que tuve del gato salió cierto. Al día siguiente, cuando llegué a la casa de tía Zulema, me pareció imposible lo que veía. ¡Allí estaba el mismo gato de mi sueño, bebiendo leche en la cocina! Había aparecido a la puerta por la mañana, con mucha hambre y quizá sin dueño.

Cuando le platiqué a tía Zulema lo que había soñado, ella se rió y dijo, —*Pus*, ahora el pobre tendrá nombre. Le pondremos "Sueño."

Ultimamente, tía Zulema ha empezado a llamarle "Pesadilla" porque le gusta meter a casa todos los animalitos que caza en el jardín. Sus favoritos son las lagartijas, pero solamente les come la cola. Me parece chistoso ver sin cola a las lagartijas correteando por la casa de tía Zulema.

No entiendo cómo pudiera haber soñado con ese gato antes de que apareciera, pero hay muchas cosas que no me sé explicar, especialmente cuando se trata de tía Zulema.

Ella sabe en lo que estoy pensando. De veras. No puedo ni echarle una mentirilla.

Eso lo aprendí por primera vez cuando todavía estaba en el *primer libro*. Fui a la casa de tía Zulema a media

I remember when I started school, my first grade teacher, Sister María de la Cruz, asked us all to draw a picture. When I showed her mine, she asked me, "Why did you color your horse green?" For me, that was the color that looked the most like my grandfather's old mare.

From that day on, I realized that I don't see colors the way everyone else does. But it doesn't matter because my best friend, Miguel, helps me with my colors, just like I help him in science class.

Even though Mr. González would probably say it's "nonsense," that dream I had about the cat came true. The next day when I stopped to visit *tía* Zulema, I couldn't believe my eyes! There was the same cat from my dream drinking milk in her kitchen! He had appeared on her doorstep that morning. He was hungry and didn't have a home.

When I told *tía* Zulema about my dream, she just laughed and said, "Well, at least the poor thing will have a name now. We'll call him 'Dream.' "

Lately, *tía* Zulema has been calling him "Nightmare" because he likes to catch little animals in the garden and bring them inside the house to eat. The ones he likes the best are the lizards, but he only eats their tails. It's pretty funny to watch those lizards without tails scurrying around *tía* Zulema's house.

I don't understand how I dreamed that cat before he appeared. All I know is that a lot of unexplainable things happen, especially with *tía* Zulema.

She knows what I'm thinking. Really. I can't even tell her a little lie.

The first time I learned that was when I was still in the first grade. I showed up at *tía* Zulema's place in the

mañana—sería a eso de las diez. Le dije que nos habían dejado salir temprano de la escuela.

La verdad es que tenía hambre. No había *almorzado* esa mañana por quedarme en cama. C.M. piensa que soy perezoso, pero no es eso. Es que nunca me ha gustado acostarme temprano. A mí no me da sueño, ni miedo tampoco.

Aquella mañana cuando me empezó a gruñir el estómago, decidí ir a casa de tía Zulema. Vive cuesta abajo de la escuela. Hasta puedo ver su gran árbol de *albarcoque* desde la ventana de la sala de clase del profesor González. Así es que fui a ver si tenía tortillas.

Claro que las tenía, pero antes de darme una, me echó un reproche con los ojos.

—No me vuelvas a desilusionar. ¿Me oyes? —me dijo. No sabía exactamente lo que quería decir la palabra desilusionar, pero me sonaba a uno de los pecados muy graves de que siempre nos hablaban las monjas. Apenas podía comerme la tortilla aunque tía Zulema le había untado mi *yeli* favorita, la que ella hace de *capulín*.

Desde entonces, no he vuelto a faltar a la escuela— bueno, sí una tarde Miguel y yo fuimos a pescar. Ese día no fue el profesor González y tuvimos un substituto tan tonto que ni lista pasó. Nos divertimos tanto que el castigo de quedarnos después de clase por una semana nos pareció lo de menos.

Sigo yendo a casa de tía Zulema después de clase, ya que vive rumbo a mi casa. Siempre me alegro de verla— bueno, y también se me alegra el estómago porque ella siempre tiene tortillas y, con suerte, *bizcochitos* en su cocina con sus aromáticos olores.

C.M. y yo turnamos para ir a ver a tía Zulema porque mamá teme que se caiga y se lastime. Bueno, a pesar de

middle of the morning—it must have been about ten o'clock. I told her they had let us out early from school.

The truth was I had gotten hungry. I didn't have any breakfast that morning because I got up too late. C.M. thinks I'm lazy, but that's not true. It's just that I've never liked to go to bed early. I don't get sleepy at night, and I don't get scared either.

That morning when my stomach started complaining, I decided to go to *tía* Zulema's house. She lives just down the hill from the school. I can even see her big apricot tree from Mr. González's window. So, I walked over to see if *tía* Zulema had any tortillas.

She had some, of course, but before she let me eat them, she gave me a good whipping with her eyes.

"Don't disillusion me again, do you hear," she told me. I didn't know exactly what that word meant, but it sounded like one of those dangerous sins the nuns were always telling us about. I could barely eat my tortilla, even though *tía* Zulema had put my favorite jelly on it, the one she makes out of chokecherries.

I haven't ditched school since then—well, one afternoon Miguel and I did take off to go fishing. Mr. González wasn't there that day, and we had a substitute who was so dumb he didn't even take roll. We had so much fun it was almost worth having to stay after school for a whole week.

I still stop by *tía* Zulema's house after school since it's on my way home. It always makes me happy to see her— well, my stomach gets happy, too, because she always has tortillas and sometimes even fresh-baked *bizcochitos* in her kitchen all full of tasty smells.

C.M. and I trade off visiting *tía* Zulema because Mama is afraid that she might fall and hurt herself. Well,

su vejez, sigue manteniendo el más hermoso jardín de todo San Gabriel. Al abrir la puerta de su cerco de alambre de púas, uno se pierde en un mundo de verde. Lo que más me gusta es treparme a los árboles y acechar las panteras escondidas en las ramas.

—Las flores y el *punche* son los únicos vicios que me quedan —dice tía Zulema. Cosecha su propio *punche* que usa para hacer sus cigarritos. Es un tabaco tan fuerte que al mismo diablo lo haría toser. Una vez Miguel y yo le robamos un poco de ese tabaco amarillo y nos fuimos al río a fumarlo. ¡Ay, qué error! Nos enfermamos tanto que por poco nos morimos. Yo me *ataranté* y acabé por vomitarme.

Pero a tía Zulema le gusta mucho su tabaco, pues siempre está *chupando*. Y cuando se le acaba el *punche*, compra esos saquitos de tabaco que están sellados con una estampilla azul porque es un "remedio," según ella. Va guardando esas estampillas para pegárselas en la frente cuando le duele la cabeza.

Cuando habla de los "vicios," siempre se le olvida su gusto por la música. Le encanta toda la música mexicana, pero las rancheras mucho más. Al llegar a su casa, hay que gritarle porque siempre tiene cantando a José Alfredo Jiménez a todo volumen.

Pero lo que más le gusta en este mundo, creo yo, son los naipes. Siempre está lista para sacarlos a jugar. Nos pasamos muchas tardes jugando al *cunquián*, el juego favorito de tía Zulema.

A ella le encanta hacer apuestas, pero como yo no tengo nada que apostar, apostamos sólo frijoles o, a veces, pollos imaginarios. Aunque yo lo quisiera, tía Zulema nunca apuesta sus dulces, los dulces acanelados que guarda en el plato de *vidrio* tallado donde se forma un arco iris cuando le pega de lleno el sol.

she might be old, but she still has the best garden in all of San Gabriel. When you open the gate and go inside her barbed wire fence, you get lost in a world of green. One of my favorite games is to climb her trees and stalk the panthers hiding in the branches.

"My flowers and my *punche* are the only fun I have left in this world," says *tía* Zulema. She grows her own tobacco to roll her cigarettes. But that *punche* is so strong, I think it would make the devil himself cough. Once Miguel and I stole a little bit of that yellow tobacco and went to the river to smoke it. Boy, were we sorry! We got so sick we nearly died. I got all dizzy, and then I threw up.

But *tía* Zulema must like that stuff because she's always puffing away. And when she runs out of *punche*, she buys those little pouches of tobacco that are sealed with a blue stamp on the top because those stamps are a "remedy," as she likes to say. She saves them up to stick on her forehead when she has a headache.

When *tía* Zulema talks about her "fun," she usually forgets about her music. She loves Mexican music, the *rancheras* most of all. Usually when you visit her, you have to yell just to be heard over the singing of José Alfredo Jiménez.

But the thing she loves most of all, I think, are cards. She's always ready to pull out her deck of cards to play a game. We spend a lot of afternoons playing rummy, which is *tía* Zulema's favorite card game.

She loves to bet on the games, but since I don't have anything to gamble with, we do our betting with beans or, sometimes, make-believe chickens. Even though I wish she would, *tía* Zulema never bets her candies, those cinnamon ones she keeps in the cut glass bowl that makes a rainbow when the sun hits it just right.

Sin embargo, los naipes no son solamente para jugar. Tía Zulema también adivina el porvenir con ellos. No creo que los naipes tengan ninguna magia, pues son cartas ordinarias. No, yo sé que el poder reside en sus anteojos que lo ven todo.

Pero no fue sino hasta que no me puse esos anteojos por segunda vez que me di cuenta que una sola carta puede abrir la puerta a todo un mundo distinto.

Still, the cards are not just for playing. *Tía* Zulema can also see the future in them. It's not that the cards themselves are magic; they're just regular playing cards. I know that the real power is in her glasses that see everything.

But it wasn't until I put those glasses on for a second time that I realized that a single card can open the door to a whole different world.

—

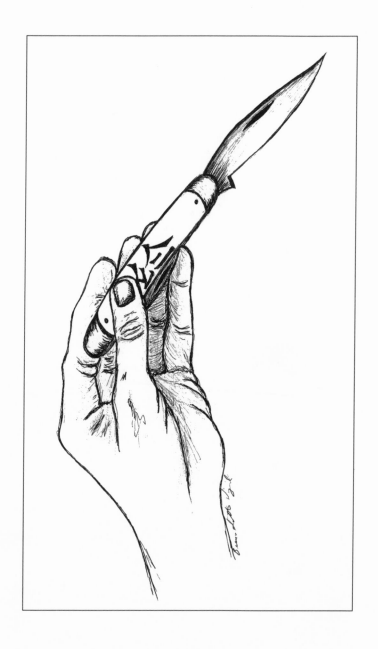

TWO
Huge Hands

DOS
Manos gigantescas

Todo empezó cuando Miguel le pegó a la pelota en dirección a mí.

Yo me encontraba en el jardín derecho. Creo que el profesor González, nuestro entrenador, me puso en ese sitio porque nadie jamás le pega a la pelota para allá.

A mí me caía de perlas. Me encanta el beísbol, pero yo sé que no soy apto para el beísbol, no como Miguel que es el *catcher*. Bueno, pero él tiene dos hermanos mayores con quienes puede ejercitarse, y algunas veces hasta su padre juega con él.

No es que yo le tenga envidia a Miguel, pero a veces me parece que él no se da cuenta de lo afortunado que es. Yo quisiera tener un padre que me enseñara todas las cosas que mi madre no me puede enseñar. Me gustaría sentarme a cenar alguna noche y oír a mi papá que me dijera, —¡Qué buenas notas trajiste en tu cartilla escolar! o ¡Qué buena jugada hiciste en el partido de hoy!

Bueno, no puedo hacer más que imaginar lo que mi padre me diría. Yo creo que por eso siempre me la paso soñando despierto. Desde niño me ha gustado mucho pensar y soñar, y eso es lo que hacía aquel día en el jardín derecho.

Pensaba en la nueva navaja que mi mamá me había regalado la noche anterior. ¡Cómo tenía ganas de mostrársela a Miguel!

—Esta navaja era de tu papá —me dijo mi madre—. Yo sé que él hubiera querido que te la regalara. Creo que ya tienes la edad para cuidarla bien, ¿no?

¿Cómo no la iba a cuidar? No me acosté sino hasta después de medianoche por quedarme afilando la navaja. Mientras lo hacía, me imaginaba que la navaja estaba en las manos de él.

Tengo muy pocas memorias de mi *tata*. Sólo me

It all began when Miguel hit that ball to me.

I was playing right field at the time. I think Mr. González, our baseball coach, put me in that position because no one ever hits the ball to right field.

That was fine with me. I love baseball, but I know I'm not a very good player, not like Miguel, who is the catcher. But, then, he has two older brothers to practice with, and sometimes his father even plays with him.

I'm not really jealous of Miguel. It's just that I don't think he realizes how lucky he is. I wish I had a father who could teach me all the things my mother can't. I'd like to sit down at the dinner table some night and hear my papa say, "What good grades you got on your report card" or "That was a great catch you made at the game today."

But what can I do? I just have to imagine what my papa would say. Maybe that's the reason I'm always daydreaming. Ever since I was little, I've liked to think and dream a lot, and that's just what I was doing that day in right field.

I was thinking about the new pocketknife that my mama had given me the night before. I couldn't wait to show it to Miguel!

"This pocketknife belonged to your father," my mama told me. "I know he would have wanted me to give it to you. I think you're old enough now to take care of it, aren't you?"

She didn't have to worry about that. I didn't go to sleep until after midnight because I was so busy sharpening the knife. All the time I was doing it, I pretended the knife was in his hands.

I don't have many memories of my papa. All I remem-

acuerdo que tenía las manos muy grandes. De esas manos gigantescas me acuerdo, y de su olor. Siempre olía bonito, como a dulces.

Como C.M. es tres años mayor que yo, ella tiene más recuerdos.

—*Empapá* siempre se reía —me dijo una vez—. Le gustaba hacerme cosquillas, y él se reía más fuerte que yo.

Mi hermana debe echarle de menos tanto como yo. No sé, pero me parece que ella estaría soñando con mi papá cuando se puso a llorar aquella noche. No era la primera vez que la había escuchado llorar en sueños.

Siempre me pongo nervioso, porque eso no es propio de ella.

C.M. no es miedosa. Hace algunas cosas que ni yo me atrevería a hacer.

Una vez subimos al techo de la casa para aprovechar el desfile de la fiesta de San Gabriel. C.M. adora los caballos, y siempre hay un sinnúmero de caballos en el gran desfile de la fiesta.

Cuando habían pasado todos los carros alegóricos y los caballos, ella me desafió a brincar del techo.

—¡Estás loca! —le dije.

—Mejor que miedoso, como tú —respondió.

—*Pus*, brinca tú entonces, si quieres romperte las piernas.

Y, sí que está reteloca C.M. porque cerró los ojos y brincó. No se rompió las piernas, pero sí quedó con agujas en las plantas de los pies el resto del día. Así lo contó mi hermana, la loca.

También está loca por la música. Algún día será una estrella famosa de rock. Ya lo tiene todo proyectado. Todo lo que le falta es conseguirse una guitarra y aprender a tocarla.

ber is that his hands were very big. I remember those huge hands and his smell. He always smelled so good—sweet, like candy.

Since C.M. is three years older than me, she can remember more.

"Daddy was always laughing," she told me once. "He used to like to tickle me, and he'd laugh louder than I would."

I know my sister must miss him as much as I do. I may be wrong, but I think she was dreaming about him when she started crying that night. It wasn't the first time I had heard her crying in her sleep.

It always bothers me because it's not like her to cry. C.M. isn't the type to get scared. Sometimes she does things that I wouldn't dream of doing.

Once we climbed up on the roof of the house to get a better view of the fiesta parade. C.M. lives and dies for horses, and there are always plenty of horses in the Grand Parade of the San Gabriel Fiesta.

After all the floats and horses had passed by, she dared me to jump off the roof.

"You're crazy!" I told her.

"Better than being a big chicken like you," she replied.

"Okay, then, why don't you jump if you're so excited to break both of your legs."

There's no doubt about it. C.M. really is crazy, because she just closed her eyes and jumped. She didn't end up busting her legs, but she did have needles in the soles of her feet for the rest of the day. That's what she said anyhow, my sister the nut case.

She's also nuts about music. Someday she's going to be a famous rock star. She's got it all planned out. All she needs is to get a guitar and learn how to play it.

—Ya cuando me canse de las giras al rededor del mundo, me retiraré a mi rancho para criar caballos —dice.

Bueno, a juzgar por su *recámara*, ya tiene una gran variedad de caballos. Tiene las paredes todas empapeladas de carteles de caballos. Su favorito es el alazán que repara en el calendario encima de su cama. Le gusta tanto ese caballo que hasta le ha puesto nombre. Se llama "Asia," así como el continente.

A mí no me gustan tanto los caballos. Lo que sí me encantan son los peces. Por eso tengo un acuario en mi *recámara*. Tengo varios peces exóticos y dos de color.

Cuando me pongo a mirarlos, sueño con el mar. Mis pececitos se convierten en grandes tiburones y ballenas. Y mis dos peces de color son delfines.

Los delfines son mis favoritos porque son muy inteligentes. Aun pueden comunicarse en su propio idioma. Yo sé, porque hice mi proyecto de ciencia sobre los delfines para la clase del profesor González.

Mi mamá dice que mi afición a los peces del mar empezó antes de que yo pudiera hablar. Yo todavía estaba en brazos cuando fuimos de vacaciones a San Diego, un poco antes de que mi padre se fuera a la Guerra. Según mi mamá, cuando fuimos a "Sea World," me quedé mucho tiempo mirando fijamente los peces en los grandes acuarios.

Bueno, ahora me la paso mirando mi propio acuario, soñando con el mar y con mi padre. El cruzó el mar pero nunca regresó.

En eso estaba pensando cuando Miguel me devolvió la pelota en el jardín derecho. No creo haber visto nunca que alcance una pelota hasta allí. Tampoco la vi aquel día, pero no por falta de concentración, la perdí de vista a causa de la voz.

"When I get tired of all the world tours, I'll retire to my ranch and raise horses," she says.

Well, from the looks of her room, she already has a pretty good herd started. Her walls are plastered with posters of horses. Her favorite is the sorrel that's bucking on the calendar over her bed. She likes that one so much she's even given him a name. She calls him "Asia," like the continent.

I don't like horses so much. What I really love are fish. That's why I have an aquarium in my room. I've got some different tropical fish and two goldfish.

When I look at my aquarium, I dream about the sea. My little fish turn into sharks and whales. And my two goldfish are a pair of dolphins.

Dolphins are my favorites because they're so smart. They even know how to talk to each other in their own language. I know because I did my science project on dolphins for Mr. González's class.

My mama says I loved deep-sea fish even before I could talk. I was still a baby when we went to San Diego on vacation just before my father went to the War. Mama says that at Sea World, I just stared and stared at the fish in the big aquariums.

Well, now I spend a lot of my time staring at my own aquarium, daydreaming about the ocean and my father. He crossed the ocean, but he never came back.

That's what I was thinking about when Miguel hit that ball to me out in right field. I don't think I've ever seen a ball hit out there, and I didn't see that one either. But it wasn't because I wasn't paying attention. It was the voice that did it.

Al chasquear el bate, oí la voz de un hombre que me hablaba a espaldas. Sabía que era un hombre por la voz tan grave. Pero también era tierna a la vez, como la voz de uno de mis tíos o de mi abuelo cuando me da consejos o dinero o los dos.

La voz se oía tan cerca, y era tan clara que yo podía entender cada palabra que me decía. El único problema era que yo no tenía la menor idea de lo que significaban aquellas palabras.

—Ponte los anteojos y me hallarás donde soplan los vientos de canela —decía.

Volví la vista atrás, pero no había nadie. En eso, los gritos de mis compañeros de equipo me advertían que la pelota— "¡la pe-LO-ta!"

Bueno, es el golpe el que avisa, como dice tía Zulema. Me cayó esa estúpida pelota en plena cabeza. ¡Saz!—un dolorón instantáneo de cabeza y un chichón más para añadir a los muchos que ya tengo. Pero eso fue lo de menos.

Peor dolor fue el soportar las carcajadas de mis compañeros. Yo tenía ganas de que la hierba se convirtiera en selva para que me tragara.

Y todo a causa de aquella voz misteriosa. Pero ¿de quién sería? Y ¿qué significarían aquellas palabras tan raras?

At the crack of the bat, I heard a man talking behind me. I knew it was a man because the voice was very deep. But it was kind at the same time. It sounded like one of my uncles or like my grandfather when he gives me advice or money or both.

The voice was so clear and so close to my ear that I could understand every word it said. The only problem was, none of the words made any sense.

"Put the glasses on and you will find me where the cinnamon winds blow," it said.

I turned around, but there was nobody there. Meanwhile, all my teammates were trying to warn me.

"The ball," they yelled—"the b-a-a-a-ll!"

The blow is the best warning—that's what *tía* Zulema always says. And the next thing I knew, that stupid ball had fallen right on top of my head. Wham!—an instant headache and a new bump to add to all the others I have on my head. But that was nothing.

What hurt a lot more was getting laughed at by all my teammates. I wished the grass would just turn into a jungle and swallow me up.

And all because of that mystery voice. But who did it belong to? And what did those strange words mean?

THREE

Chick-Hatcher's Store

TRES

La tienda de la Sacapollos

—¡Qué bonita navaja! —me dijo Miguel después del juego mientras bajábamos la cuesta con álamos y olmos chinos a cada lado. Todavía me sentía avergonzado por lo que había pasado en el campo de beísbol. Ya no me dolía tanto la cabeza. Lo que me molestaba era el otro dolor que se me había atorado en la garganta como un hipo que no quería salir.

—Creo que la perdí en el sol.

—¿Qué? —me preguntó Miguel—. ¿La navaja?

—N'hombre, la pelota que devolviste.

—¿Todavía piensas en eso? Olvídalo. Esas cosas nos pasan a todos.

No, Miguel—pensé para mis adentros. No todos oímos voces en pleno sol y de día.

—Pero, ¿por qué te dieron la navaja? —continuó él—. ¿Es tu cumpleaños hoy?

—No, pero ayer fue el cumpleaños de mi papá.

—¿Ah sí? Y este retrato tan extraño en la navaja—¿qué será? Parece una casa de palitos que se derrumba.

—No sé, Miguel. Creo que es una palabra china. Mamá me dijo que mi papá había conseguido la navaja en la Guerra.

—¿De veras? Entonces, la tendría cuando lo . . .

No siguió, pero los dos ya sabíamos cómo terminaba la frase. Miguel sabía lo mucho que echaba de menos a mi papá. Pero cuando le platicaba de eso, Miguel siempre me decía que yo debería tener mucho orgullo, que mi papá era un héroe que murió defendiendo a su patria.

Claro que tengo orgullo de él, pero no es justo. ¿Por qué tengo que pasar la juventud sin padre? Yo ni sé mucho de él. Mamá casi nunca platica de mi papá—creo que todavía le duele mucho recordar. Cuando le pregunto

"Great knife," Miguel told me as we walked down the hill lined with cottonwoods and Chinese elms after the game. I still felt embarrassed about what had happened at the baseball field. My head didn't hurt so much anymore. What was bothering me was that other pain that had gotten caught in my throat like a stuck hiccup.

"I must have lost it in the sun."

"What?" Miguel asked. "Your knife?"

"No, man—that ball you hit."

"Are you still thinking about that? Forget about it. Those kinds of things happen to everybody."

No, Miguel, I thought to myself. I don't think everybody hears voices talking to them in the middle of the day.

"So, what did you get the knife for?" he went on. "Is it your birthday?"

"No, but it was my papa's birthday yesterday."

"Oh, yeah? But this picture on the knife here—the one that looks like a house of sticks falling down. What's that?"

"I'm not sure, Miguel, but I think it's a word in Chinese or something. Mama told me that my papa had gotten that knife when he was in the War."

"Really? Then he must have had it with him when they . . ."

Miguel caught himself, but we both knew how the sentence ended. He knew how much I missed my papa. But whenever I told him about it, Miguel would always say I should be very proud of my father because he was a hero who died for his country.

Sure, I'm proud of him, but it's not fair. How come I have to grow up without a father? I don't even know very much about him. My mama never talks about my papa—

cómo era mi papá, solamente me dice que era un hombre muy bueno, y ahí se acabó.

Tía Zulema es la que me ha contado más. Dice que mi papá era vivo, chistoso, y muy trabajador.

—Tu papá siempre le ayudaba a tu abuelo en el rancho —me dijo una vez—. Ya fuera para cercar o para encerrar *zacate*, fuera lo que fuera, tu papá nunca se hacía atrás. Se ponía el viejo sombrero, y al trabajo.

Es curioso, pero es como si yo conociera ese sombrero gastado y desfigurado. Lo veo como un retrato enterrado en la memoria. Bueno, tía Zulema me dijo que mi papá me lo ponía cuando jugábamos a los vaqueros. Yo iba montado sobre sus espaldas con el sombrero grande que me tapaba los ojos mientras que mi papá relinchaba como un caballo.

—Oye —dijo Miguel al fin para romper el silencio—, vamos a pescar, a ver si sirve la navaja para limpiar las truchas.

—No —le respondí sin saber exactamente por qué. Todavía no sabía cómo me sentía, pero no tenía ganas de pescar.

En cambio, Miguel siempre tiene ganas de *truchar*. Siempre vamos al mismo lugar, allí en el bosque donde se juntan los dos ríos. Es un lugar muy especial, y no solamente por la trucha que abunda.

En las lomas, río arriba, hay muchas piedras volcánicas que tienen retratos. Petroglifos se llaman, según el profesor González. El dice que los indios grabaron esas imágenes en las piedras hace muchos años. Es increíble, pues por dondequiera hay piedras con retratos de venados, pájaros, y hombres corcovados que tocan sus pitos.

Hay veces que yo preferiría dejar las cañas de pescar

I think it still hurts her too much to remember. Whenever I ask her what my papa was like, she just says he was a very good man, and that's it.

Tía Zulema is the one who has told me the most about my papa, about how he was smart and funny and a very hard worker.

"Your papa always used to help your grandfather on the ranch," she told me once. "Whether it was fencing that needed to be done or hay that had to be stacked, your papa was always there to help. He'd put on his old hat and go to work."

It's strange, but it seems like I know that floppy, worn-out hat. I see it like a picture buried in my memory, maybe because *tía* Zulema told me that my papa used to put it on my head when we played "cowboy." I'd ride on his back with that big hat covering my eyes while my papa would make horse noises.

"Hey," Miguel finally said to break the silence, "how about we go fishing? You can try your knife out cleaning the trout."

"No," I replied, without really knowing why. I still wasn't sure about how I was feeling, but I did know I didn't feel like fishing.

But Miguel—well, he *always* feels like fishing. We go to the same spot every time, that place in the woods where the two rivers flow together. It's a special place, and not just because the fishing's always good there.

Up in the hills above the river, there are lots of volcanic rocks that have pictures on them. Mr. González says they're called petroglyphs. He says the Indians carved those pictures in the rocks a long time ago. It's amazing. Everywhere you look, there are rocks with pictures of deer, birds, and men with humps on their backs, playing flutes.

para subir a esas lomas a explorar. Pero Miguel nunca me quiere acompañar aunque él es indio.

Pero yo sé lo que pasa. El tiene miedo porque todos dicen que allí vive la Llorona en una cueva. *Izque* ella echó a sus hijos en el río hace muchos años. Desde entonces, se le oye llorar por el río, en busca de sus hijos ahogados.

—No salgan de noche porque se los lleva la Llorona— nos dicen los adultos, pero yo no lo creo. A mí me parece que son sólo cuentos que nos platican para meternos miedo. Sin embargo, Miguel y yo siempre dejamos de pescar antes de meterse el sol detrás de las lomas negras.

Pero hoy no tenía ganas de pescar. Pensaba que podríamos jugar en el coche viejo de mi papá como habíamos hecho la semana pasada. Es un '57 Chevy de color turquesa que está inmovilizado sobre bloques en el patio detrás de mi casa.

Ahora el coche está roñoso y mohoso, pero puedo imaginar lo elegante que se veía mi papá cuando iba por la plaza en su coche. Miguel y yo podríamos turnar para *"manejar"* el coche, echándoles carreras a todos los jóvenes de la vecindad, carreras que siempre ganaríamos porque tenemos un bulto del Santo Niño que cuelga del retrovisor. No por nada es el santo que protege a los niños.

Pero luego se me ocurrió hacer algo aún más divertido.

—Vamos a tener un *fonazo, mano* —le dije a Miguel—. Vamos a la tienda de la Sacapollos para comprar unos globos pequeños.

La tienda que queda al lado de la casa de tía Zulema tiene un letrero sobre la puerta que dice, simplemente, "TIENDA." Pero todo el mundo la conoce como "la tienda de la Sacapollos," aunque nadie tiene el valor de decirlo delante de la dueña quien es "la Sacapollos."

Sometimes I'd rather forget about the fishing and climb those hills to explore. But Miguel never wants to go along with me, even though he's Indian.

But I know what it is. He's afraid because everybody thinks la Llorona lives up there in a cave. They say she threw her kids in the river many years ago. Ever since then she's been walking along the river, crying and looking for her drowned children.

"Don't go out at night or la Llorona will catch you," the adults like to tell us, but I don't believe it. I think that's just a story they make up to scare us. Still, Miguel and I always make sure we quit fishing before the sun gets lost behind those black hills.

But today I didn't feel like fishing. I was thinking what we might do was play in my papa's old car like we did the week before. It's a turquoise '57 Chevy up on blocks in our backyard.

These days, the car is dirty and rusty, but I can imagine how cool my papa must have looked throwing the cruise through town in his hot rod. Miguel and I could take turns "driving" the car, challenging all the neighborhood guys to race us. And we'd win every race because we have a statue of the Santo Niño hanging from the rearview mirror. After all, he's the saint who protects children.

But, then, I thought of something even better to do.

"Let's have some real fun, bro," I told Miguel. "Let's stop at Chick-Hatcher's store and buy some balloons."

The store is right next to *tía* Zulema's house. It has a sign on the door that simply says, "STORE." But everybody calls it "Chick-Hatcher's store," even though no one has the guts to say it to the owner who is the "Chick-Hatcher."

Le dieron ese sobrenombre cuando una de sus gallinas *culecas* murió en el nido. La mujer recogió los huevos y se los echó en el espacioso seno. Ahí los guardó por varios días hasta que los pollitos rompieron el cascarón y salieron a la luz del día.

La Sacapollos no se fía de nadie. Hasta sospechó de tía Zulema cuando perdió varias gallinas de su gallinero. Un día fui a la tienda con tía Zulema para comprar leche. Cuando pusimos las compras en la caja, la Sacapollos le dijo a mi tía, —*Usté* sabe, comadre, es como dice el *dicho*: "Muy buenas son las vecinas, pero me faltan tres gallinas."

A nosotros los jóvenes nos cuida con su ojo de gallina. Bueno, sí engañamos a su marido cuando nos da exámenes—la Sacapollos es la esposa del profesor González que pesará la mitad de lo que pesa ella. Además, él pasaría por el hombre más flaco del mundo. Como le digo a Miguel, el profesor González parece un lápiz con anteojos.

Pero nadie se atrevería a ratear en la tienda de la Sacapollos; nos estrellaría con sus huevos con todo y cáscara.

—No cierren la puerta de golpe —nos mandó cuando entramos. La puerta de alambre tiene una *sopanda* tan fuerte que al soltarla se cierra con un ruido que suena como un tiro.

—¿Piensas hacer más globitos de agua? —me preguntó Miguel mientras la Sacapollos nos inspeccionaba desde la caja registradora.

—*Pus*, sí—y se los tiramos al "Guazamader."

—¡Ni modo, *mano!* Yo no me meto con ese brujo.

—Pero, ¡qué gallina! —le dije con una sonrisa. Aquella vergüenza atorada en la garganta ya se me iba disolviendo—. Mira, nos escondemos detrás de la tapia de la

She got that nickname when one of her laying hens died on the nest. She gathered up the eggs and put them down the front of her bosom—there's lots of room in there. She kept them warm for a few days until the little chicks hatched.

Chick-Hatcher doesn't trust anybody. She even suspected *tía* Zulema when some of her chickens were missing. One day I was at the store with my aunt buying some milk. When we were paying, Chick-Hatcher told her, "You know, *comadre*, it's like the old saying goes: 'My neighbors are all good friends, but I'm missing three of my hens.'"

She really keeps her chicken-eyes peeled when we kids come into the store. It's true we do cheat on her husband's tests—Chick-Hatcher is married to Mr. González, though she must weigh twice as much as he does. Of course, he must be the world's skinniest man. Like I tell Miguel, Mr. González looks like a pencil with glasses.

But, who would be dumb enough to try to shoplift in Sacapollos's store? She'd bust you, shell and all!

"Don't let that door slam shut," she demanded as we walked in. The spring on her screen door is so strong that when you let go of the door, it sounds like a shot.

"Are you thinking about making water balloons again?" Miguel asked as Chick-Hatcher watched our every move from the cash register.

"Yeah, and we'll throw them at Whazamatter."

"No way, bro! I'm not messing with that weirdo."

"I didn't know you were such a chicken," I said with a smile. The embarrassment stuck in my windpipe was starting to go away. "Look, what we'll do is hide behind the church wall. Then, when he walks by, we'll throw

iglesia, y cuando pase, le damos con los globitos como si fueran bombas del cielo. Ni nos va a ver—y aunque nos vea, ¿cómo nos alcanza?

—Zonzo. ¿Se te ha olvidado que ese hombre puede volar?

—¿Volar? *Pus*, yo nunca le he visto alas —le dije, pero Miguel ya había decidido que el mostrador de dulces era más interesante que mis opiniones acerca del Guazamader, ese viejo asqueroso que se mantiene en las calles de San Gabriel.

Camina día y noche—camina sin parar. Y siempre va repitiendo la misma frase en inglés: *"What's the matter?—What's the matter?"* Con las greñas paradas y las barbas largas, parece un hombre de caverna. Se dice que lleva un nido de arañas en las barbas sucias.

Todos conocen al Guazamader. Algunos dicen que tiene el mal ojo y que te puede hacer daño con sólo mirarte con sus ojos blanquizcos. Otros juran que vuela de un lugar a otro.

Una vez me dijo Miguel que él y sus padres iban en su *troquita* a Tecolote para traer barro. La mamá de Miguel es india del pueblo de San Antonio. Ha enseñado a todos sus hijos a hacer las *ollas* negras que encantan tanto a los turistas.

Según Miguel, cuando partieron, vieron al Guazamader que caminaba por la calle. Pero al llegar ellos a Tecolote, él ya estaba allí. Y eso que no habían visto ningún otro vehículo en todo el camino.

No sé qué pensar de eso porque no creo que los padres de Miguel sean mentirosos. Pero eso no es nada en comparición con lo que dicen de la mano del Guazamader.

Tiene una mano seca y torcida que parece una garra de pájaro. Reclaman que cuando era niño, desobedeció a su madre y salió una noche de luna llena. Eso me lo contó

those balloons, and they'll fall on him like bombs dropping out of the sky. He'll never see us—and, even if he does, how's he ever going to catch us?"

"You dummy! Don't you remember that guy can fly?"

"Fly? Sure. I've never seen any wings on him," I replied, but Miguel had already decided that the candy display was more interesting than my opinions about Whazamatter, that grimy old man who lives on the streets of San Gabriel.

He's always walking, day or night—it doesn't make any difference. And all the time he's walking, he always repeats the same words: "What's the matter?—What's the matter?" With that wild hair and long beard, he looks like a caveman. They say he even has a nest of spiders living in his filthy whiskers.

Everybody in town knows Whazamatter. Some people say he has the evil eye, and that he can make you sick just by looking at you with those milky eyes. Other people swear that he flies from place to place.

Once Miguel told me about the time he and his parents went to Tecolote to bring back some clay in their truck. Miguel's mother is an Indian from San Antonio Pueblo. She's taught all her children how to make that black pottery that's so popular with the tourists.

So, Miguel said that as they were driving away, they all saw Whazamatter walking down the road. But when they got to Tecolote, he was already there. And they hadn't seen another car anywhere on the road!

I'm not sure what to think about that because I know Miguel's parents wouldn't be making it up. But, still, that's nothing compared to the story about Whazamatter's hand.

One of his hands is all dried up and twisted like a bird's claw. They say that when he was still a boy, he dis-

C.M., de modo que no se puede saber si era realmente una noche de luna llena o no, porque ella siempre empieza sus historias con las mismas palabras: —Era una noche de luna llena. . . .

El cuento es que el Guazamader—¿quién sabe cómo se llamaría en aquel entonces?—se perdió y fue a dar al bosque. Al rato empezó a oír unos gemidos horribles que hacían temblar aún a los árboles. De repente, se le apareció la Llorona, y lo agarró de la mano.

No sé cómo se escaparía, pero *izque* llegó a casa llorando como si tuviera un río en los ojos. Para el próximo día, ya se le había secado la mano. Y así la ha tenido desde entonces.

—Le tienes miedo a la mano, ¿no? —le dije a Miguel en broma.

—Tú también debes tenerle miedo, si no quieres perder un dedo o una oreja o quién sabe qué —respondió sin quitar los ojos de los dulces.

Dicen que si el Guazamader te alcanza a tocar alguna parte del cuerpo con su mano seca, se te seca esa parte del cuerpo también.

—Bueno, olvídate de eso. Vamos a comprar *chíquete* y nos *pintamos* de aquí —dije al fin, pues los ojos de la Sacapollos ya estaban para agujerarme las espaldas.

Además seguía oyendo la voz misteriosa. Yo quería ir a ver a tía Zulema. Sus cartas tal vez podrían ayudarme a comprender lo que me quería decir la voz.

—¿Cómo están mis gallitos hoy? —cloqueó la Sacapollos cuando pusimos nuestros *nicles* sobre el mostrador.

—Bien, Saca . . . ah . . . señora González —dije.

—De modo que quieren arruinarse los dientes, ¿eh? *Pus*, vale más que se los cuiden pa' que no se les caigan todos como me pasó a mí —dijo, usando su lengua para

obeyed his mother and left the house one night when the moon was full. Since C.M. told me the story, I can't be sure if the moon really was full or not, because she always starts her stories the same way: "It was a full moon that night. . . ."

Anyway, Whazamatter—or whatever his name was back then—got lost and ended up in the woods by the river. After a while he started hearing strange cries that were so mournful they even made the trees tremble. Then, all of a sudden, la Llorona appeared right in front of him and grabbed him by the hand!

I don't know how he managed to get away, but by the time he got back home, he was crying like he had a river in his eyes. By the next day his hand was all dried up. And that's the way it's been ever since.

"You're afraid of his hand, aren't you?" I teased Miguel.

"You ought to be scared, too, if you don't want to lose a finger or an ear, or something else," he said as he kept looking at the candy.

They say that if Whazamatter touches you, that part of your body will dry up just like his hand.

"Oh, well—forget it. Let's buy some gum and get out of this place," I said at last. Before long, Chick-Hatcher's eyes were going to burn a hole in my back.

Anyway, I was still hearing that mystery voice in my ears. I wanted to go see *tía* Zulema. Maybe her cards could help explain what it was saying to me.

"How are my little roosters today?" clucked Chick-Hatcher as we put our nickels on the counter.

"Fine, Chic . . . ah . . . Mrs. González," I said.

"So, you're going to ruin your teeth, eh? Well, you better watch out or they'll all fall out like it happened to me," she said. Using her tongue, she pushed the top plate

sacarse los dientes postizos superiores. Luego, empezó a cacarear como una gallina que acaba de poner huevo.

Nosotros también soltamos la carcajada, pues se veía muy ridícula. Pero callamos cuando ella cerró con golpe la vieja caja registradora y nos dijo, —Ustedes no se van a reír cuando se vuelvan viejos como yo. Como dice el refrán, "A juventud ociosa, vejez trabajosa."

—Vamos, Miguel —dije entre las burbujas que ya estaba echando con el *chíquete* de globo. Yo sabía que ya empezando con sus *dichos*, la Sacapollos nos podía detener toda la tarde.

—¡No cierren de golpe! —gritó ella cuando salimos.

Naturalmente, cerramos la puerta de un golpazo. Se cerró detrás de nosotros con el ruido que haría al reventarse la burbuja más grande del mundo.

of her false teeth out at us. Then she started to cackle like a hen that had just laid an egg.

We burst out laughing, too, because she looked so weird. But we stopped when she banged her old cash register shut and said, "You won't laugh so hard when you get as old as me. It's like the old saying goes, 'If you play when you're young, you'll pay when you're old.'"

"Let's go, Miguel," I said between the bubbles I was already blowing with my gum. I knew that once Chick-Hatcher got started with her old sayings, she could keep us there all afternoon.

"Don't let that door slam shut!" she yelled as we walked out.

Of course we let it fly as hard as it would go. The door shut behind us with a bang that sounded like someone bursting the world's biggest bubble.

FOUR

Footsteps around the Cabin

CUATRO

Pasos alrededor de la cabaña

—Tomás, no vayas a molestar al Guazamader, ni con agua ni con palabras—. Fue lo primero que me dijo tía Zulema al entrar yo en su casa.

—Ah . . . ¿Dónde está Sueño, tía? —pregunté, queriendo cambiar de tema. Fue increíble. Me había cogido con las manos en la masa, y ¡antes de amasar!

—Estará allí afuera en la selva —respondió con una sonrisa, pues bien sabía de mis juegos de cazador. Justo, la semana pasada le había platicado de cómo había acechado y derribado un gran tigre en su jardín.

—Pero ya me *oítes,* ¿no? —continuó ella—. Con ese hombre no se juega. No te metas en líos con él.

Como no quería que me siguiera regañando, decidí decirle de una vez de la voz que me había hablado en el jardín de beísbol. Al cabo que con tía Zulema no se puede andar por las ramas.

—De modo que quieres consultar los naipes, ¿verdad? —dijo ella cuando le había platicado toda la historia.

—Sí, tía.

Después de fijarme con la mirada aumentada por sus gruesos anteojos, tía Zulema me dijo, —Cada día te pareces más a tu papá. Hasta tienes el mismo mechón de pelo allí en la nuca.

Luego, se levantó a bajar la música, una cassette de su cantante favorito, José Alfredo Jiménez. Volvió a sentarse en su mecedora y me dijo, —Vamos a jugar un rato primero. A ver si quieres perder unos pollos.

Tomó las cartas y las empezó a barajar en la mesita baja delante de ella. Las cartas hacían un sonido igual al chisporroteo de un fuego. Quizá por eso, a tía Zulema siempre le encanta contar los cuentos viejos mientras jugamos,

"Tomás, I don't want you picking on Whazamatter—not with words or with water." That was the first thing *tía* Zulema told me when I walked into her house.

"Ah . . . where's Dream, *tía?*" I asked, trying to change the subject. I couldn't believe it. She had caught me red-handed, and I hadn't even had a chance to get my hands red yet!

"He's probably outside in the jungle," she smiled. *Tía* Zulema knew how I liked to pretend I was a big game hunter. Just last week I had told her about how I had tracked down and bagged a big tiger in her garden.

"But you heard me, right?" she went on. "This is no game. You keep away from that man."

I didn't want *tía* Zulema to keep scolding me, so I decided to tell her right away about the voice I had heard at the baseball field. Anyway, there's no use beating around the bush with *tía* Zulema.

"So, you want to consult the cards, do you?" she said after I had told her the whole story.

"Yes, *tía.*"

After staring at me hard with her magnified eyes, *tía* Zulema said, "You're looking more like your father every day. You even have the same cowlick on the back of your head."

Then she got up to turn down the music, a cassette of her favorite singer, José Alfredo Jiménez. Sitting back down in her rocking chair, she said, "Let's play a few hands of cards first. You feel like losing some chickens today?"

Tía Zulema picked up the deck of cards and started to shuffle them on the coffee table in front of her. The cards sounded like a crackling fire. Maybe that's why *tía* Zulema always likes to tell the old stories when we play

los cuentos que su abuela le contaba a ella delante del fogón.

—Tú te acuerdas de don Cacahuate y doña Cebolla, ¿qué no? —preguntó mientras repartía las cartas.

¿Cómo no? Tía Zulema ya me había contado muchas anécdotas de la pareja tan boba. Yo sabía que cuando tuvieron su primer hijo, querían ponerle un nombre en inglés, así que lo llamaron "Sonamagón."

Mientras jugábamos, tía Zulema empezó su cuento.

—*Pus*, una vez don Cacahuate jugaba a los naipes, como nosotros ahora. Apostaban *muncho* y el pobre no tenía más de un peso. De modo que le dijo a doña Cebolla, "*Traime* la *petaquilla* con dinero."

"¿Cuál quieres—la chiquita o la grande?" —preguntó doña Cebolla.

"La chiquita, mujer —respondió don Cacahuate—. Tú sabes que no puedes con la grande."

—Entonces se asustaron tanto los otros que quebraron y don Cacahuate ganó todo el dinero.

—Tablas —dije cuando se acabaron los naipes junto con el chiste.

—Sí, *m'ijo*. Y acuérdate que el siguiente juego vale doble. Te va a costar dos pollos, si pierdes.

—Otra vez estaban *almorzando* cuando la comadre Sebastiana llegó por el alma de don Cacahuate —dijo tía Zulema al repartirme una mano de las más terribles.

Bueno, pero más terrible sería para don Cacahuate saber que ya le tocaba. Según los cuentos que me había contado tía Zulema, la comadre Sebastiana es un esqueleto feo que llega por uno a la hora de morir. Te da un flechazo y allí te lleva en su carreta de la Muerte.

cards, the *cuentos* her grandmother used to tell her as they sat in front of the fireplace.

"You remember Mr. Peanut and Mrs. Onion, don't you?" she asked as she dealt the cards.

Of course I remembered them. *Tía* Zulema had told me many stories about that crazy couple. I knew that when they had their first son, they wanted to give him an English name instead of a Spanish one. So they called him "Sonofagun."

While we played, *tía* Zulema began to tell her story.

"Well, once Mr. Peanut was playing cards like we are now. They started betting a bunch of money, but poor Mr. Peanut only had one dollar to his name. So he told Mrs. Onion, 'Bring me that trunk full of money.'

" 'Which one do you want—the big one or the little one?' asked Mrs. Onion.

" 'Why, the little one, of course,' replied Mr. Peanut. 'You know the big one is too heavy for you to carry.'

"When the other players heard that, they got so scared that they all folded, and Mr. Peanut ended up with all the money."

"It looks like a tie," I said as the cards ran out the same time as the joke did.

"You're right, *m'ijo*. But don't forget that the next game counts double. It'll cost you two chickens if you lose this one.

"Another time they were having breakfast when la comadre Sebastiana came for Mr. Peanut's soul," *tía* Zulema said as she dealt me a terrible hand.

But it must have been even more terrible for Mr. Peanut to realize his time was up. In the stories that *tía* Zulema had told me, la comadre Sebastiana is an ugly skeleton who comes for you when it's time for you to die.

Me gustan los cuentos de la Muerte. No sé por qué, pero muchos de esos cuentos son chistosos como el que me siguió contando tía Zulema.

—Don Cacahuate le dijo a doña Cebolla, "Préstame las tijeras. Voy a pelarme pa'que no me conozca la Muerte."

—*Güeno,* dicho y hecho. Y quizás *fuliaron* a la comadre Sebastiana porque sí creyó a doña Cebolla cuando le dijo que don Cacahuate no estaba en casa y que aquel pelón sentado en la mesa era su padre. Pero la Muerte le dijo, *"Güeno,* entonces lo esperaré aquí."

—Todo el día esperó hasta que se hizo noche. Al fin, se levantó la Muerte y le dijo a la mujer, "Ya tengo que irme, comadre. Pero pa' no perder el viaje, me llevo a ese peloncito."

Con eso, tía Zulema soltó una carcajada. A mí no me dieron ganas de reír porque ella acababa de ganarme el juego con tres sotas. El dolor en la garganta me empezaba a molestar otra vez, pero ya no tenía nada que ver ni con el beísbol ni con el hecho de que le debía dos pollos a mi tía.

Podía sentir la navaja de mi papá en la *bolsa,* y como que me atreví a preguntar a tía Zulema algo que había querido preguntarle hacía mucho.

—Tía, ¿cómo murió mi papá—? Yo sabía que había muerto en la Guerra, pero eso era todo. Tía Zulema me había contado historias de cómo era mi papá cuando era niño. Me dijo, por ejemplo, que a él siempre le gustaba vestirse de vaquero con sombrerito blanco y sus pistolas de juguete.

También le gustaba jugar a los naipes con mi tía, pero

She shoots you with an arrow and takes you away in her death cart.

I love the stories about Death. I don't know why it is, but a lot of those stories are funny, like the one that *tía* Zulema was telling me now.

"Mr. Peanut told Mrs. Onion, 'Loan me the scissors. I'm going to cut off all my hair so Death won't recognize me.'

"Well, no sooner said than done. And I guess la comadre Sebastiana did end up believing Mrs. Onion when she told her that Mr. Peanut wasn't at home and that the bald guy sitting at the table was her father. But Death just said, 'All right, then, I'll wait for him here.'

"Death waited all day long until it started to get dark. Finally, she got up and said, 'I've got to be on my way, *comadre*. But, just so I don't waste my trip, I think I'll take this baldy here along with me.' "

At that, *tía* Zulema broke up laughing. I didn't feel too much like joining her because she had just won the game with three jacks. The pain in my throat had started to act up again, too, but now it didn't have anything to do with baseball or even with the fact that I owed my *tía* two chickens.

As I felt my father's knife in my pocket, I got the courage to ask *tía* Zulema something I had been wanting to ask for a long time.

"*Tía*, how did my father die?" I knew he had been killed in the War, but that was all. *Tía* Zulema had told me stories about what my papa was like when he was little. She told me, for instance, about how he always liked to dress up like a cowboy with his little white hat and his play guns.

He also liked to play cards with my aunt, except some-

a veces le daba por engañarla. Tía Zulema dijo que no fue sino hasta años después que se dio cuenta que mi papá ganaba tantos juegos porque veía la reflexión de sus cartas en los anteojos.

Todo eso me había dicho tía Zulema, pero nunca me había platicado nada de lo que le había pasado a mi *tata* en la Guerra.

Otra vez tía Zulema me clavó los ojos. —Vente conmigo —dijo—. Quiero mostrarte algo.

La seguí a su cuarto de dormir, mirando su chongo de cabello blanco. Casi nunca entraba yo en su cuarto de dormir, pero me gustaba porque siempre me sentía muy protegido allí.

Había un crucifijo en la pared y una guitarra vieja en un rincón del cuarto. Sobre el piso había una jerga que mi misma tía había tejido, y delante de la cama había una *petaquilla* muy vieja.

Sin decir palabra, tía Zulema abrió la *petaquilla* y empezó a sacar cosas—frazadas, toallitas, sábanas, y delantales como los que siempre llevaba. Luego, del fondo de la *petaquilla* sacó una *colcha* bordada de muchos colores. Cuando la desplegó sobre la cama, vi que le había bordado una imagen del Santo Niño. Sólo que no la había terminado.

—Cuando tu papá fue a la Guerra, hice una promesa a la Virgen de hacer esta *colcha* si me traía a *m'ijo* y a todos los muchachos del pueblo de la Guerra—que a todos los soldaditos *trujera güenos* y sanos.

—Pero al Santo Niño le falta la mitad de la cara, tía—. Tenía sólo un ojo, y la boca la tenía truncada como si los labios no habían podido decidir entre una sonrisa o mirar con ceño.

No me respondió. Dobló la *colcha* en silencio, un si-

times he'd try to cheat. *Tía* Zulema said it wasn't until years later that she realized my father won so many games because he'd watch the reflection of her cards on her glasses.

Tía Zulema had told me all those things, but she had never said a word about what happened to my papa in the War.

Just like before, she looked through me with her eyes. "Come with me," she said. "I've got something to show you."

I followed her into her bedroom, looking at her white hair that, like always, was drawn into a tight bun. I almost never went into my aunt's bedroom, but I liked it when I did because I always felt so protected there.

There was a crucifix on the wall and an old guitar in one corner of the room. On the floor was a rug that my aunt had woven herself, and in front of the bed was a very old trunk.

Without saying a word, *tía* Zulema opened the trunk and began taking things out of it—blankets, towels, sheets, and aprons like the one she always wore. Then, from the very bottom of the trunk, she pulled out a *colcha* embroidered in many colors. It wasn't until she laid that bedspread out on the bed that I realized my *tía* had embroidered an image of the Santo Niño. Except she hadn't finished it.

"When your father went to the War, I made a promise to the Virgin to do this embroidery if she would watch over my son and all the local boys fighting in the War. I asked her to bring home every soldier in one piece."

"But the Santo Niño is missing half of his face, *tía*." He only had one eye, and his mouth was cut off like his lips couldn't decide whether to smile or frown.

Tía Zulema didn't reply. As she folded the *colcha* up in

lencio que yo no me atrevía a romper. Por fin, ya cuando había alzado la *colcha* en el fondo de la *petaquilla*, me dijo, —Le falta un ojo al Santo Niño a causa de lo que pasó en la cabaña de tu abuelo. Vamos a sentarnos otra vez y te digo lo que pasó.

Regresamos a la sala. La música había terminado, pero tía Zulema no volvió la cassette. Se sentó en su mecedora y empezó a mecerse con los ojos apretados. Yo temía que se quedara dormida. El suave crujido de la mecedora era tan calmante que hasta a mí me dio sueño.

Con los ojos medio apretados, me puse a pensar en la cabaña que mi tía había mencionado. Yo sabía que mi abuelo, el hermano de tía Zulema, había levantado esa cabaña usando *cuartones* enteros enjarrados de *zoquete*. Para mí, la cabaña era el mejor lugar de todo el mundo, pero no habíamos vuelto desde que mi abuelito cayó enfermo y vendió su yegua y todas sus vacas.

Bueno, yo todavía voy a la cabaña en el pensamiento porque tengo un cuadro de ella en mi propio cuarto de dormir. Mi papá lo pintó cuando estaba en la escuela secundaria. Es un cuadro mágico, pues cuando me quedo acostado en la cama, verlo es como si estuviera en la sierra alta.

—Pasó durante el verano —dijo tía Zulema, empezando al fin su historia. Me dio un susto, pues por poco me quedo dormido.

—Yo estaba en el monte juntando *capulines* y retama que uso *pa'hacer* escobas. Andaba solita ese día, no sé por qué, pero el cuento es que se hizo noche y decidí pasar la noche en la cabaña.

—Cuando me iba a acostar, apagué la *lámpara de aceite*. Tan pronto como lo hice, empecé a oír a alguien que

silence, I knew better than to ask any more questions. At last, once she had put the *colcha* back in its place at the bottom of the trunk, *tía* Zulema said, "The Santo Niño is missing an eye because of what happened at your grandfather's cabin. Let's go sit down again and I'll tell you about it."

We returned to the living room. The music had ended, but *tía* Zulema didn't turn over the tape. She just sat down in her chair and started rocking with her eyes shut. I was worried she was going to fall asleep. The soft creaking of the rocking chair was so soothing that it was making me sleepy, too.

With my eyes half closed, I started to think about the cabin my aunt had mentioned. I knew that my grandfather, *tía* Zulema's brother, had built it out of huge logs that he had plastered with mud. That cabin was my favorite place in the whole world, but we hadn't been there since my grandfather had gotten sick and had sold his mare and all of his cattle.

But I still go to the cabin in my mind because I have a painting of it in my own bedroom. My papa painted it when he was in high school. It's a magic painting because when I lie on my bed and look at it, I feel like I'm in the high mountains.

"It happened during the summer," *tía* Zulema said, finally starting her story. I kind of jumped because I had almost fallen asleep.

"I was up in the mountains gathering chokecherries and that grass I use to make brooms. I was by myself that day—I don't remember why. But, anyway, it started to get late, so I decided to spend the night at the cabin.

"When I was ready for bed, I blew out the kerosene lamp. Immediately, I started hearing someone walking

caminaba alrededor de la cabaña. Cuando encendí la lámpara, los pasos se detuvieron.

—Al principio, pensé que sería algún animal, de modo que volví a apagar la lámpara, pero aquí van los pasos otra vez rodeando la cabaña. Prendí otro fósforo y otra vez se detuvieron.

—*Güeno*, como a mí no me meten miedo, tomé el *flashelaite* y salí a ver qué o quién daba aquellos pasos. Pero nada—no había animales ni nada. Al fin tuve que dormir con la lámpara encendida porque sólo así se detenían aquellos pasos.

—Al día siguiente, cuando llegué a casa, *vide* algo muy extraño en la foto de tu papá—tú sabes, aquella donde se ve con su uniforme de soldado. La foto tenía una lágrima, precisamente sobre el ojo. Entonces supe lo que había pasado. Esa tarde, tu madre recibió el telegrama, pero yo ya sabía las malas noticias que traía.

—Fue entonces que dejé de bordar la *colcha, m'ijo. Güeno*, los ojos también me empezaron a fallar *muncho*. Por el azúcar en la sangre, decían los doctores, pero ¿quién sabe?

—Y ¿los pasos de la cabaña . . . ? —pregunté indeciso.

—Sí, eran de él, *m'ijo*. Tu papá había llegado a despedirse de mí. Créelo o no, pero una cosa sí te digo. Por la mañana, no hubo ningún rastro alrededor de la cabaña.

around the cabin. When I lit the lamp, the walking stopped.

"At first, I thought it was an animal, so I blew the flame out, but there were the footsteps again, going around and around the cabin. I lit another match, and they stopped again.

"Well, you know it takes a lot to scare me, so I got the flashlight and went outside to see who or what was making that noise. But I couldn't see a thing—no animals, nothing at all. Finally, I had to go to sleep with the lamp burning, because that was the only way the footsteps would leave me in peace.

"The next day when I got back home, a very strange thing had happened to your father's picture—you know, the one where he's dressed in his soldier's uniform. I saw a teardrop coming out of his eye. Then I realized what had happened. Your mother got the telegram later that day, but I already knew what it said.

"That was when I quit embroidering the *colcha*, *m'ijo*. During that same time, my eyes started to give out on me. The doctors said it was because of the sugar diabetes, but I'm not so sure."

"And the footsteps around the cabin . . . ?" I asked uncertainly.

"Yes, it was him, *m'ijo*. Your papa had come to say good-bye to me. You can believe that or not, but I'll tell you one thing for sure. The following morning, there wasn't a single footprint outside that cabin."

FIVE
Jack of Hearts

CINCO
Sota de Copas

—Las cartas cuentan sus propias historias. En eso no mando yo. ¿Entiendes?

—Sí, tía. Yo sé que usted sólo las lee —respondí, asegurándole que yo ya era lo suficiente maduro para entender los riesgos. No quería que tía Zulema rompiera su compromiso ahora. Más que nunca, tenía que ver lo que dirían las cartas sobre la voz del jardín de beísbol.

—*Güeno,* entonces lo primero que tienes que hacer es escoger una carta para representarte —dijo, dándome las cartas. A todas miré hasta llegar a la sota de copas. Tenía un sólo ojo como el Santo Niño de la *colcha.* Era mi carta.

Tía Zulema estaba de acuerdo. —Le atinaste —observó, poniendo la sota de copas en medio de la mesita y empezando a barajar las demás cartas.

—Tengo que estar sola con las cartas unos cuantos minutos, *m'ijo* —dijo ella—. *Curre* a la cocina a traernos unos dulces, de aquellos que te gustan tanto. Tú sabes dónde están.

No me hice de rogar. Me levanté luego luego, y me fui derecho a la cocina. Pero antes de salir de la sala, oí a tía Zulema añadiendo para sí, —También eran los favoritos de su papá.

En la cocina, acerqué una silla a la alacena para alcanzar la repisa más alta donde tía Zulema guarda los dulces de canela. Me puse a buscarlos a tientas, pero en lugar del plato de *vidrio* tallado, me encontré con algo muy curioso. Parecía ser . . . sí, ¡eran unos anteojos!

—Pero, ¡son los anteojos de tía Zulema! —exclamé en voz alta al sacarlos de la repisa donde deberían estar los dulces. Pero ¿cómo podía ser, si ella los llevaba puestos en la sala?

"The cards tell their own stories. I have no control over that. Do you understand?"

"Yes, *tía*. I know you only read what they say," I said, trying to let her know that I was old enough to understand the risks. I didn't want *tía* Zulema to back out on me now. More than ever, I needed to know what the cards would say about that voice at the baseball field.

"Well, then, the first thing you have to do is pick a card that will represent you," she said, handing me the deck. I looked through all of the cards until I got to the jack of hearts. It had one eye, like the Santo Niño in my aunt's *colcha*. It was my card.

Tía Zulema agreed with me. "Good choice," she observed, placing the jack of hearts in the center of the table. Then she began to shuffle the rest of the deck.

"I have to be alone with the cards for a few minutes, *m'ijo*. Why don't you go out to the kitchen and bring us some of those candies you like so much. You know where they are."

She didn't have to tell me twice. I jumped out of my chair and took off to the kitchen. But, before I left the room, I heard *tía* Zulema saying to herself, "They were his father's favorites, too."

When I got to the kitchen, I pulled a chair over near the cabinet and climbed up on it so I could reach the top shelf where *tía* Zulema keeps her cinnamon candies. I started feeling around for them, but, instead of the cut glass bowl, I found something very strange. It felt like . . . yes, it was a pair of glasses!

"But these are *tía* Zulema's glasses!" I said aloud as I pulled them down from the shelf where the candies were supposed to be. How could that be when she was wearing them in the other room?

—Ponte los anteojos —dijo la voz en el mismo momento en que le iba a gritar a tía Zulema. Era la misma voz del jardín de beísbol, una voz tan suave y persuasiva que no podía menos que obedecerla.

Me puse los anteojos.

. . . . .

¡Borroso, todo borroso! Un dolorón sobre la nariz, las lágrimas que me enturbian la vista, las manos a punto de quitarme los anteojos cuando la voz vuelve a hablar:

—Me hallarás donde soplan los vientos de canela.

Vuelvo la cara y de golpe se me aclara la vista como el cielo después de una tormenta. Allí en la puerta está el Sota de Copas de tamaño natural. Pero tan pronto como lo miro, gira sobre los talones y se marcha.

Olvidándome de todo, salgo por la puerta a seguirlo.

Será el jardín de tía Zulema, pero la vegetación es más densa, más verde, un verde que nunca he visto en la vida, un verde de la selva.

Voy abriendo paso por este mundo de verde—por la hierba alta y afiladísima, las vides que cuelgan desde el cielo, y las matas vellosas con hojas tan grandes como yo. Todo verde.

Ahora ese verde ha logrado metérseme en los oídos. Oigo chillar a los monos en los cocos. En la distancia, un elefante brama como un tren enojado. Desde las ramas más altas del *albarcoque* grita un papagayo de color de esmeralda: —Tomás, Tomás.

Pero no. No es el *albarcoque* de tía Zulema sino un gran árbol de canela. Lo sé porque al raspar la cáscara, se llena el aire con su fragancia.

¿No habrá salida? Apenas puedo avanzar por la maleza, y él tan alejado que ya ni se mira. Tal vez si pudiera

"Put on the glasses," the voice said just as I was about to call out to *tía* Zulema. It was the same voice from the baseball field, a voice that was so gentle and persuasive that I had no choice but to obey.

I put on the glasses.

· · · · ·

Blurry—everything blurry. Pain over my nose, tears clouding my eyes. My hands ready to take the glasses off when the voice speaks again.

"You will find me where the cinnamon winds blow."

I turn and my vision suddenly clears, like the sky after a thunderstorm. I see the Jack of Hearts, big as a man, standing there in the doorway. But as soon as I lay eyes on him, he turns and leaves.

Forgetting everything, I pass through the door and follow him.

I know I must be in *tía* Zulema's garden, but the vegetation is thicker, greener. It's a green I've never seen before, a jungle green.

I walk on, clearing a path through this world of green—through the tall, razor-sharp grass, the vines hanging down from the sky, and the hairy plants with leaves bigger than me. Everything green.

That green is even getting into my ears. I hear the monkeys screeching in the coconut trees. In the distance, an elephant is bellowing like an angry train. An emerald-colored parrot calls, "Tomás, Tomás" from the highest branches of the apricot tree.

But no. It's not *tía* Zulema's apricot tree, but a huge cinnamon tree. I know it is because when I scrape the bark, the air fills up with that cinnamon smell.

Isn't there any way out of here? I can barely move through the undergrowth, and he's so far ahead of me

asirme de esta vid para subirme a . . .

¡Es una culebra! Fría, escamosa, ¡viva!

Con un grito, salto hacia atrás, dando de espaldas en un lodazal. Pero no es lodo lo que me cubre los brazos y las piernas. Es un tipo de gelatina transparente quizá—no sé exactamente lo qué será. Sea lo que sea, es tan pegajosa que no puedo desprenderme, por mucho que trato de hacerlo.

Horrorizado, miro hacia arriba y veo una quijada verde con dientes que se cierran sobre mí. ¡No! ¡Estoy atrapado adentro de una enorme atrapamoscas que está por co-merme vivo!

—¡Tía! —lloro, y, de golpe, libro los brazos. De una vez agarro los dientes babosos que ya están para cerrarse. Trato de abrirlos pero—¡ay!—me están mordiendo.

Me miro las manos y me doy cuenta que es una púa que me saca sangre, ¡una púa del cerco de alambre de tía Zulema! Paso por debajo del alambre, salgo del jardín y estoy en la calle.

Allá va el Sota de Copas. Sube la loma a paso lento como si le pesara mucho la armadura. Lo raro es que corro a todo vuelo y todavía no lo puedo alcanzar.

Acaba de entrar en la tienda de la Sacapollos. Ahora sí lo voy a encontrar.

Pero al abrir la puerta de la tienda, veo que todo ha cambiado. No hay anaqueles de comida ni mostradores con dulces. No, la tienda está llena de pupitres. Parece . . . sí, ¡es la sala de clase del profesor González!

Tomo mi asiento acostumbrado al fondo de la sala. Miro en todas direcciones, pero no se ve el Sota de Copas, a menos que se haya escondido debajo del escrito-rio del profesor.

that I can't even see him anymore. Maybe if I climb up on this vine . . .

It's a snake! Cold, scaly, alive!

I jump back screaming and land on my back in a mud-hole. But this isn't mud covering my arms and legs. It's some sort of clear goo—I've never seen anything like it. Whatever it is, this stuff is so sticky I can't get free, no matter how hard I try.

I look up in horror and see a pair of green jaws with teeth closing down on me. No! I'm trapped inside an enormous Venus flytrap plant, and it's going to eat me alive!

"*Tía!*" I cry, and, all at once, my arms break free. Immediately, I grab the slimy teeth just as they are about to clamp shut. I'm fighting to keep them from closing, but—AY!—they're biting me!

Looking down at my hands, I realize it's a metal barb that's making me bleed. My hands are stuck on *tía* Zulema's barbed wire fence! Ducking under the wire, I leave the garden behind and find myself on the street.

There goes the Jack of Hearts. He's climbing the hill very slowly, as if his armor is weighing him down. The funny thing is, I'm running, but I still can't catch up with him.

He just went into Chick-Hatcher's store. Now's my chance to reach him.

But when I open the door, I see everything is changed inside the store. There aren't any shelves of food or candy displays. No, the store is full of desks. It looks like . . . it *is* Mr. González's classroom!

I take my usual seat in the back of the room. The Jack of Hearts is nowhere to be seen, not unless he's hiding underneath Mr. González's desk.

Bueno, parece su escritorio, pero no tiene ni sus libros ni sus lápices sino la vieja caja registradora de la tienda.

Adelante están el profesor González y la Sacapollos, pero ninguno de los dos me ha hecho caso. Están muy entretenidos disputando algo. No sé cuál sea el problema porque no puedo oír nada. Veo que sus labios se mueven pero sin hacer ningún sonido. Es como si presenciara una película muda.

Luego me doy cuenta que los pesados anteojos se me han resbalado, pues por poco se me caen de la nariz. Al colocarlos bien, se me destapan los oídos como si alguien les hubiera quitado el algodón que tenían. Ahora sí oigo hablar a la pareja, pero no son las voces del profesor y su esposa.

Sin saber cómo, sé que las voces pertenecen a los personajes de los viejos cuentos. Estos no son mi maestro y la dueña de la tienda. ¡Son don Cacahuate y doña Cebolla!

—Estoy tan enferma. Todo me duele. Ya debería morirme —dice ella.

—¿Enferma tú? —replica él—. No tienes nada. Yo sí que estoy acabado. Aquí ando de estorbo. ¡A mí que me lleve la Muerte!

Así siguen riñendo, cada uno queriendo ser el primero en morir. Quizá para dar importancia a sus razonamientos, los dos dan un golpe a la caja registradora que se abre de golpe cada vez, y sale un pollito.

Dentro de poco, el escritorio hierve de pollitos amarillos, que pían y baten sus alitas inútiles.

De repente, se abre la puerta y el aula-tienda se llena de una peste horrible. Una flecha negra pasa silbando demasiado cerca de la cabeza del profesor Cacahuate y se entierra temblando en la pizarra detrás de él.

Well, it looks like his desk, at least. But, instead of his books and pencils, the old cash register from the store is sitting there.

Up front are both Mr. González and Chick-Hatcher, but neither one of them is paying any attention to me. They seem to be too busy fighting about something. I don't know what they're arguing about because I can't hear a word they're saying. Their lips are moving, but no sound is coming from them. It's like watching a silent movie.

Then I notice that the heavy glasses have slipped down and almost fallen off my nose. When I push them back into place, my ears open up as if someone took a big wad of cotton out of them. Now I can hear the couple, but they don't sound like my teacher and his wife.

Without really knowing how, I realize the voices belong to characters from the old stories. This isn't my teacher and his wife at all. It's Mr. Peanut and Mrs. Onion!

"I'm so sick. Everything hurts. I should just roll over and die," she says.

"You think *you're* sick?" he replies. "There's nothing wrong with you. *I'm* the one who has one foot in the grave. All I'm doing around here is taking up space. Death ought to come for *me!*"

As they fight about who should be the first one to die, both Mr. Peanut and Mrs. Onion bang on the cash register to drive their point home. Each time they hit the cash register, it springs open and a baby chick pops out.

Before long, the desk is swarming with yellow chicks, all of them cheeping and flapping their useless wings.

Suddenly the door swings open, and the classroom-store is filled with a horrible smell. A black arrow whizzes right past Professor Peanut's head and lands quivering in the blackboard behind him.

—He llegado por uno de ustedes —gruñe el esqueleto de pie a la puerta.

¡Es la Huesuda, la Hedionda—la misma comadre Sebastiana! El puro castañeteo de sus huesos me pone los pelos de punta.

—¡Llévesela a ella! —exclama el profesor espantado, señalando con el dedo a la "Sacacebollas"—. ¡Ella está más enferma que yo!

—¡No—a él lo debe llevarse! —llora ella—. ¡Está mucho más acabado que yo!

No sé, pero me parece que a la Muerte le agrada todo esto porque mientras más chillan ellos, más risa le da a ella. ¿Así reiría cuando se llevó a mi *tata?*

Yo odio a la Muerte. Me da tanto asco escucharla reír que no puedo menos que gritarle, —¡Te odio! ¡TE ODIO!

Por primera vez, la pareja quejosa se da cuenta de mí. Señalándome con el dedo, los dos gritan a una voz:—¡A nosotros no—lléveselo a él!

La comadre Sebastiana vuelve la cabeza, pero la calavera sigue girando como un giroscopio con dientes. Agarra más y más velocidad hasta que sale disparada del gollete y sale volando por el cuarto.

Con cada vuelta, me bombea en picado. Me metería debajo del pupitre, pero tengo paralizadas las piernas, igual que en las pesadillas. Todo lo que puedo hacer es taparme la cabeza con las manos para que no me la arranque de un tirón.

No me atrevo a levantar la cabeza hasta que se desvanece el zumbido. Veo que la calavera ha regresado a su esqueleto, pero ahora la Muerte avanza hacia mí.

"I've come for one of you," snarls the skeleton standing in the doorway.

It's the Rotten Raglady, the Bag of Bones. It's la comadre Sebastiana herself! Just the clattering of her bones alone makes my hair stand on end.

"Take her!" the terrified teacher exclaims, pointing at Onion-Hatcher. "She's a lot sicker than I am!"

"No—you should take him!" she cries. "He's in *much* worse shape than I am!"

I may be wrong, but it seems like Death is having a great time watching all this, because the more the couple squeal, the louder she laughs. Did she laugh like that when she took my father away?

I hate Death. I'm so sick of hearing her laugh that I can't help myself. I start yelling, "I hate you! I HATE YOU!"

For the first time, the quarreling couple notice me. Pointing at me, they both scream, "Don't take us—take him instead!"

La comadre Sebastiana turns her head, and the skull starts spinning around like a gyroscope with teeth. It picks up more and more speed until it shoots off her neck and flies through the room.

With each round it makes, the skull dive-bombs me. I'd crawl under the desk if I could, but my legs are paralyzed, just the way it always happens in my nightmares. The only thing I can do is throw my hands up over my head so the skull doesn't rip it right off.

I don't even think about moving until the buzzing has quieted. When I finally lift my head, I see that the skull has returned to its skeleton body, but Death is now walking towards me.

—Sí, joven. Tú te vienes conmigo—cacarea mientras prueba el filo de su hachita con la punta del dedo descarnado.

Me da un escalofrío tan fuerte que hasta el hígado se me pone a temblar. Está tan cerca que puedo olerle el hálito de animal muerto. Al ver la noche en sus ojos huecos, me pongo a pensar en mi mamá y mi hermana—y en mi papá también. ¿Lo veré ahora?

—¡Ya te toca! —me grita la comadre Sebastiana, alzando su hachita. *No*—*no te toca todavía,* dice una voz muy adentro de mí. Es cierto, todavía me falta mucho que hacer. Yo no estoy listo para morir. Tengo que alcanzar al Sota de Copas.

—¡No! —le grito a la Muerte, al fin sacudiéndome de la pesadilla. Arranco a correr derecho hacia ella. Le paso por debajo de las piernas, y la tumbo como un puente de cartas.

Mientras cae con un llanto espantoso, salgo disparado por la puerta. ¡Ni un relámpago me habría ganado!

"Yes, my son. You're coming with me," she cackles as she tests the sharpness of her hatchet with the tip of her bony finger.

The chill that runs through me even makes my liver shake. She is so close to me now that I can smell her dead dog breath and see the night in her empty eyes. I start thinking of my mother and my sister. And I think about my papa, too—will I be seeing him before long?

"Your time has come!" la comadre Sebastiana shouts as she raises her hatchet. *No, your time has not come*, a voice speaks from somewhere deep inside me. And it's true, I still have a lot to do. I'm not ready to die yet. I still have to catch up with the Jack of Hearts.

"No!" I scream at Death. I finally shake the nightmare out of my legs and take off running right at her. I go underneath her legs and knock her over like a bridge of playing cards.

As Death falls with a terrifying cry, I burst out the door. Not even a thunderbolt could have beaten me.

SIX

Good Catch

SEIS

Buena jugada

La puerta se cierra detrás de mí como un tiro. Pero el traquido no es de la puerta sino del bate que choca contra la pelota, y me encuentro en el jardín derecho del campo de beísbol, corriendo hacia el cerco para atrapar la pelota.

Corro con todas mis fuerzas, como nunca he corrido en la vida. Voy tan rápido que los pies apenas tocan la hierba.

La pelota sigue subiendo, pero no me doy por vencido. Sigo corriendo hacia atrás mientras que los espectadores vitorean y aplauden ruidosamente como los que animan con aplausos a los luchadores barrigones de la lucha libre.

—¡El cerco! ¡El cerco! —grita una mujer. ¿Será la voz de mi madre?

Pero la amenaza me llega tarde. Ya estoy para dar contra el cerco, así que brinco hacia arriba. Doy un salto como hace Sueño cuando arranca a atrapar el pajarillo posado sobre una rama unos cinco pies más arriba.

Sin esfuerzo alguno, vuelo por encima del cerco y—¡sí!—atrapo la pelota como José Canseco.

Pero, ¡ay Dios!—¡todavía voy volando! En lugar de caerme al suelo al otro lado del cerco, sigo subiendo por el aire como el avión que despega.

¡Es increíble! ¡Vuelo igual que en los sueños!

Pero ahora no sueño que me remonto con alas invisibles. ¡Me encuentro libre, totalmente libre en el cielo, planeando como un gavilán!

Los verdaderos gavilanes no están muy contentos cuando me descubren en su ambiente. Me miran con ojos desorbitados y me dicen, —Y tú, ¿qué haces aquí, sin negocio y totalmente sin plumas?

Antes de poder responderles—no que tuviera la menor

The door closing behind me sounds like a shot. No—
that's not the sound of a slamming door, but the crack of
a bat, and I'm in right field back at the baseball diamond,
running towards the fence for a fly ball.

I'm running as hard as I can, like I've never run before
in my life. My feet are moving so fast they barely touch
the ground.

The ball is flying higher, but I'm staying right with it. I
keep running back while the crowd goes crazy like they
do at ringside when they cheer on those potbellied pro-
fessional wrestlers.

"The fence! The fence!" screams a woman—was that
my mother's voice?

But the warning comes too late. I'll never avoid running into the fence, so all I can do is jump. I jump
straight up, just like Dream does when he leaps up to
catch a bird on a branch five feet over his head.

Without even trying, I fly up over the fence and—
yes!—I make the catch just like José Canseco.

But, my God! I'm still flying! Instead of falling down on
the other side of the fence, I keep on rocketing through
the air like a jet taking off.

It's incredible! I'm flying, just like I've always done in
my dreams!

But this is no dream. I'm actually soaring through the
air on invisible wings. I'm free, totally free! I'm floating
through the sky just like a hawk!

The real hawks aren't excited about sharing their world
with me. They gaze at me with bulging eyes and say,
"And you, what are you doing here? You have no business
here, and you certainly don't have any feathers!"

Before I can say anything back to them—not that I'd

idea de cómo responderles—una urraca empieza a criticarme con unas *pajalabrotas*.

—Es evidente y fundamentalmente absurdo que un humilde bípedo sea capaz de remontarse, dado su deplorable y despreciable estado sin alas —dice en una voz tan áspera que por poco me rompe un tímpano.

—¡Aunque las tuviera, no las supiera batir! —grazna un cuervo antes de desternillarse de risa.

Bueno, es posible que no sea tan buen volador, pero los pájaros no deben ser tan presumidos. Sólo me falta la práctica. No se me hace tan difícil volar. Al fin y al cabo, es el viento el que hace el trabajo. Sólo hay que dejar de pensar en la gravedad y entregarse al viento.

Así hago cuando miro hacia abajo. Veo que dejo San Gabriel atrás. La casa de tía Zulema ya parece una piedrecita relumbrosa, y las gallinas de la Sacapollos unas hormiguitas. Hasta la escuela se ha vuelto tan pequeño como el pedacito de tiza que el profesor González usa para dibujar en la pizarra.

Ahora que vuelo, no recuerdo cómo era no volar. Me es totalmente normal cernerme en el aire como las aves. ¡Quiero volar para siempre!

¡Ay! Pero ¿qué pasa? Voy perdiendo altitud. Allí abajo veo el bosque del río y—sí, voy bajando. ¡Los árboles parecen cada vez más grandes!

¡Ay, Dios! ¡Ojalá tuviera un paracaídas!

De repente, empiezo a flotar en el aire como si el mismo pensamiento me sirviera de paracaídas invisible. Despacio, despacito voy descendiendo hasta que al fin doy de pies en la ribera donde Miguel y yo vamos a pescar.

know what to say—a magpie starts giving me a beak full of his big bird words.

"It is patently and fundamentally absurd that a lowly biped should be capable of soaring through the heavens, given his wretched and deplorable state as a creature without wings," he says in a voice so sharp that it nearly splits my ears.

"Even if he had 'em, he wouldn't know how to flap 'em!" caws a crow who cracks up laughing.

Well, I may not be all that good at flying, but I don't think the birds should be so conceited. All I need is a little practice. What's so hard about flying anyway? The wind does most of the work. All you have to do is quit thinking about gravity and give yourself to the wind.

That's just what I'm doing as I take a look below me. I can see I'm leaving San Gabriel behind. *Tía* Zulema's house looks like a little shiny rock, and Chick-Hatcher's chickens are the size of tiny ants. Even the school has grown so small that it looks like that puny piece of chalk that Mr. González uses when he writes on the blackboard.

Now that I'm flying, I don't remember what it was like not to fly. I feel completely at home up here in the sky, gliding like a bird. I want to fly forever!

Ay! What's happening? It feels like I'm starting to lose altitude. Down below me I see the woods by the river and—yes, I must be getting lower. The trees are looking bigger and bigger all the time!

Oh, God—I wish I had a parachute!

Suddenly, I begin to float in the air. It's as if my thought has turned into an invisible parachute. Slowly, very slowly, I drift down towards the earth until, at last, I

—Buena jugada —dice la voz. Vuelvo la cara para ver al Sota de Copas que se cuela dentro del bosque donde se juntan los dos ríos.

Miro hacia abajo, y me doy cuenta que tanto el guante como el beísbol han desaparecido. Pero lo más raro es que no conozco las manos que miro. Serán las mías, pero no me explico cómo han crecido tanto.

Se ven grandes—como las de un hombre.

make a perfect landing on the riverbank where Miguel and I go fishing.

"Nice catch," the voice says. I turn to see the Jack of Hearts slipping into the woods where the two rivers meet.

I look down and notice that both the ball and my baseball glove have disappeared. But the strangest thing of all is that I don't recognize these hands that I'm looking at. They must be mine, but I don't know how they could have grown so much.

They're as big as a man's hands.

SEVEN
Whazamatter's Cave

SIETE
La cueva del Guazamader

—¡Miguel—eres tú!

Aunque sigo la pista del Sota de Copas, encuentro a mi mejor amigo, pescando en nuestro lugar favorito. Está sentado en una piedra volcánica con su vieja caña de pescar.

—¿No viste un hombre curioso vestido de armadura como un caballero? —le pregunto.

Miguel responde sonriente, —No, pero el Guazamader acaba de irse.

—¿El Guazamader?— Me asombra que Miguel no parece tener miedo.

—Sí. Estábamos pescando juntos —dice con calma—. Espera, pica una trucha.

Miguel gira el carrete mientras la punta de su caña de pescar baila por encima del agua. Un momento después, saca una gran trucha arco iris. Pero no es como ninguna trucha que yo haya visto. En lugar de escamas plateadas, esta trucha relampagueante las tiene de todos los colores del arco iris.

—¡Yo nunca he visto colores como esos! —declaro al admirar los colores vibrantes de la trucha.

—Son los mismos de siempre —responde Miguel mientras quita del anzuelo la trucha multicolor —. Es que por primera vez los estás viendo—ahora que miras el mundo con los anteojos.

Me toco la cara, pues se me había olvidado que todavía llevaba puestos los anteojos de tía Zulema.

Ganas tengo de platicarle a Miguel todas las aventuras que he tenido hoy—¡nunca creerá que acabo de volar *pa'cá!* Pero antes de poder decirle otra cosa, se oye un llorido triste desde las lomas rocosas.

—*M'ijo . . . ¡m'ijooooooooooooooo!*

"Miguel—it's you!"

Even though I'm following the Jack of Hearts, the person I run into is my best friend, fishing in our favorite place. He's sitting on a volcanic rock with his old fishing pole in the water.

"Did you see a strange guy dressed up in armor like a knight?" I ask him.

"No, but Whazamatter was just here," he replies with a smile.

"Whazamatter!" I'm amazed to see that Miguel doesn't seem to be afraid.

"Yeah, he was fishing with me," he says in a calm voice. "Just a minute—I've got a bite!"

Miguel winds his reel while the tip of his fishing rod dances over the water. A moment later, he pulls a big rainbow trout out of the water. But it's not like any trout I've ever seen before. Instead of having silver scales, this flashing fish glows with all the colors of the rainbow.

"I've never seen colors like that!" I exclaim as I stare in wonder at the brightly colored trout.

"They've always been there," Miguel replies as he takes the trout of many colors off his hook. "It's just that you're seeing them for the first time—now that you're looking through the glasses."

I touch my face, realizing that I'm still wearing *tía* Zulema's glasses.

I really want to tell Miguel about all my adventures today—he'll never believe I just flew here! But I'm interrupted by a mournful cry coming from the rocky hills.

"My son . . . my sooooooooooooooooon!"

Me quedo helado al oírlo. Es un llanto lastimero, espeluznante—y, a la misma vez, familiar.

—¡Dios mío! ¿Qué es eso?

—Es la Llorona —dice Miguel sin pestañear.

¿Cómo puede ser? Miguel siempre ha temblado ante la Llorona, pero ahora sigue lanzando su caña de pescar como si el gemido lastimero fuera el canto de una golondrina.

Luego, la sangre en mis venas se vuelve puro hielo cuando se oye otro llorido fuerte junto con el de la Llorona.

—¡¿GUAZAMADER?! —retumba la voz asustadiza. El puro llanto de la Llorona me mete mucho miedo, pero ¿junto con los gritos de aquel viejo asqueroso? Pues, yo sabía que la Llorona le había secado la mano al Guazamader cuando era niño, ¡pero no sabía que ahora él la acompañaba!

Bueno, no sé de Miguel, pero yo voy a huir ahora y hacer preguntas después. Arranco a correr como un cohete, pero Miguel permanece sentado, riendo en la ribera.

—¿*What's the matter*—le tienes miedo a la mano? —grita él con una carcajada que se entremezcla con los horrendos lamentos.

¿Qué me pasa? Mando a los pies que me lleven río abajo. Pero cuanto más lucho por dejar las lomas atrás, más me acerco a ellas.

Es como si mis pies tuvieran su propia mente. Les grito que no, ¡QUE NO SUBAN! Pero es inútil. No los puedo atajar. Siguen subiendo a las rocas de las lomas, a las negras rocas volcánicas con los petroglifos—y la cueva donde vive la Llorona.

—¡*M'ijooooooooooooo!*

The sound of that voice paralyzes me. It's a painful cry, a horrifying cry—but, at the same time, it's somehow familiar.

"My God! What's that?"

"It's la Llorona," Miguel says without blinking an eye. But how can this be? Miguel has always been scared to death of the Weeping Woman, but now he continues casting his line in the water as if we were listening to a swallow singing his song instead of that woman wailing her heart out.

Then my blood turns to ice as another loud voice begins crying along with la Llorona.

"WHAZAMATTER?!" echoes the terrifying voice.

Just the wailing of la Llorona alone is enough to scare me half to death, but together with the cries of that ugly old man? I knew la Llorona had dried up Whazamatter's hand when he was little, but I didn't know that now they had joined forces!

Well, Miguel can do what he wants to, but I'm going to run now and ask questions later. I take off like a rocket, but Miguel stays sitting on the riverbank, laughing.

"What's the matter—are you afraid of his hand?" he shouts with a chuckle that mixes with the horrible cries.

What's happening to me? I'm telling my feet to take me downriver. But the harder I try to get away from the hills, the closer I get to them.

It's as if my feet have a mind of their own. I'm even shouting at them, "DON'T CLIMB UP HERE!" But it's useless. I can't hold them back. They keep climbing up these rocks, these black volcanic rocks with the petroglyphs—and the cave where la Llorona lives!

"My sooooooooooooooooooon!"

Ahora los llantos están mucho más cerca. Me lastiman los oídos como si fueran agujas que los traspasan.

Hay una hebra invisible ensartada en cada aguja. Alguien me *jala* con ellas, porque no quiero subir a esa—¡a esa cueva!

Pero ya los lloridos me han tirado de los oídos y me hallo a la boca de la cueva. Me doy cuenta que hay petroglifos en las rocas por los dos lados de la entrada, pero no son de animales sino de manos humanas. Adentro huele a humedad y a olores tan rancios que me abofetean la nariz.

No hay luz en la cueva. Miro de soslayo hacia adentro y sólo distingo unas telarañas que cubren la entrada, telarañas tan gruesas como *cabrestos*. Luego miro hacia arriba y veo que hay miles de murciélagos que cuelgan del techo de la caverna.

Sólo el pensar en esos murciélagos me da escalofríos. Voy a partir mientras pueda, pero me detengo allí mismo cuando de repente vuelve a llorar la Llorona.

Ahora sé por qué me pareció familiar ese llanto tan doloroso. No es la Llorona la que llora, sino ¡mi hermana! Es el mismo llorido que escuché aquella noche, cuando lloraba por nuestro papá. Pues, los dos ya lo perdimos, pero no voy a permitir que ella también se pierda.

—¡C.M.! —grito, y sin pensar ni en las telerañas ni en la araña gigantesca que las tejió, corro para adentro de la cueva.

Rompo aquellas telerañas que parecían tan fuertes pero que ahora se deshacen como caramelo rosado de carnaval. Vuelvo a gritar, —¡C.M.! ¿Dónde estás?

—¡M'ijoooooooooooooooo! —solloza ella desde el fondo de la caverna. Aunque estoy ciego, sigo avanzando hacia ese rumbo con las manos alzadas.

Now the cries are much closer. They're so near they hurt, like needles passing through my ears.

There's an invisible thread in each of those needles. Somebody must be pulling me by those threads because I don't want to climb up to that—to that cave!

But the cries have reeled me in, and I find myself at the mouth of a cave. There are petroglyphs on the rocks on both sides of the entrance. But, instead of animals, they are outlines of human hands. It smells musty inside the cave, and there are other smells so awful that they reach out and punch me in the nose.

The cave is totally dark. Glancing inside, all I can see are the spiderwebs that cover the entrance, spiderwebs thick as ropes. Then I look up. Hanging from the ceiling of the cave are thousands of bats!

Just thinking about all those bats makes my skin crawl. I'm getting out of here while I still can! But I stop in my tracks when la Llorona suddenly begins crying again.

Now I know why that pitiful cry sounded so familiar. It's not la Llorona who's crying, but my sister! It's the same sound I heard that night when my sister was crying for our father. Well, we both may have lost him, but I'm not going to lose my sister, too.

"C.M.!" I shout, and without thinking about the webs or the gigantic spider that must have woven them, I dash into the cave.

Tearing through those webs that looked so strong, but which now fall apart like cotton candy, I shout again, "C.M.! Where are you?"

"My soooooooooooooooooooon!" she wails from the rear of the cave. Even though I can't see a thing, I slowly make my way towards that direction with my hands lifted in front of me.

Quién sabe qué me esperará en esas tinieblas. Puede haber ratas del tamaño de un perro o hasta de un oso comeniños. Sea lo que sea, no importa. Tengo que rescatar a mi hermana.

Pero, ¡ay!—¡el techo de la caverna se mueve con un chillido amplificado miles de veces! Son los murciélagos que agitan las alas y se echan a volar.

En ese mismo instante me dejo caer al suelo, pero pronto me doy cuenta que los murciélagos no tratan de atacarme. No, todos salen, volando para afuera como una gran ola negra.

Sé que los murciélagos salen de noche, pero ahora se llevan la noche con ellos.

Cuando al fin pasa el terrible aleteo y chillido de los *ratones voladores,* miro hacia arriba y veo que la cueva ya no está oscura.

Ahora puedo vislumbrar las paredes, pero ¡qué extrañas se ven! No son paredes de tierra ni de piedra, sino de huesos. Es como si yo estuviera adentro del dinosaurio que nos mostró el profesor González cuando nuestra clase visitó el museo.

Pero estas costillas parecen estar vivas, pues tienen carne y se mueven como si la misma cueva estuviera respirando.

Con excepción de varios zapatos de tenis sucios y gastados, tirados en el suelo, la cueva está vacía. Bueno, también hay a mi lado una *olla* de barro que tiene adentro una mata muy curiosa. Parece ser algún tipo de *guaje.*

Me pregunto cómo habrá podido crecer una mata aquí adentro, pero—¡por Dios! Esos no son *guajes* que cuelgan de la mata. ¡Son manos! ¡Manos de seres humanos!

—¡¿GUAZAMADERGuazamaderguazamader . . .?!—

Who knows what might be lurking in this darkness. There might be rats the size of a dog or even a kid-eating bear! But it doesn't matter because I've got to save my sister.

Oh, no! The roof of the cave is moving! With a screech amplified thousands of times over, the bats above my head flap their wings and start to take off.

I fall to the floor at once, but I soon realize they're not trying to attack me. They're all leaving, flying outside in a great black wave.

I know that bats leave their caves at night, but now they're taking the night with them.

When the terrible flapping and screeching has finally died down, I look up and see the cave is no longer dark.

Now I can make out the walls—but how weird they look! They aren't rock walls or even dirt. No, these walls are made out of bones! It feels like I'm standing inside the dinosaur that Mr. González showed us when we took a field trip to the museum.

The only thing is, these ribs seem to be alive. They're connected with flesh and are moving in and out, as if the cave itself were breathing.

Except for a few dirty, worn-out tennis shoes scattered over the floor, the cave seems to be empty. Well, there is a clay pot at my side which has a very unusual plant with something like gourds hanging from it.

I don't know how a plant could possibly grow in this place, but—oh, my God! Those aren't gourds hanging from the plant. They're hands—human hands!

"WHAZAMATTERWhazamatterwhazamatter?!" As the cry echoes through the cave, the hands open and close, making fists.

Al resonar el llorido por la caverna, las manos de la mata hacen puños que se abren y se cierran.

—¡C.M.! —llamo a gritos, y en ese momento aparece una mujer al fondo de la cueva. Vestida de blanco, y con cabello largo, parece una aparición, la misma que vaga por el río y llora por sus niños. Sí, ¡es la Llorona! ¡Va a querer llevarme con ella! Tengo que esconderme, pero no hay dónde. Ni siquiera puedo ver la entrada.

Pero, con razón no puedo ver nada. Los anteojos de tía Zulema se han empañado. Me los quito violentamente, los limpio con la cola de la camisa, y me los vuelvo a poner.

De inmediato veo que "la Llorona" es, en realidad, mi hermana. Lleva puesto su blanco camisón de noche, y trae el cabello suelto. Pero ¡por Dios! ¿Ya la habrá hecho su esclava el Guazamader?

¡No! ¡No! Está llorando porque la persigue el viejo feo. ¡La quiere agarrar con su mano torcida!

—¡No! —grito, arrancando una de las costillas de la pared. Debajo de mis pies suena un gruñido como de un animal feroz o tal vez el retumbo de un volcán.

Con la costilla quebrada en la mano, echo a correr amenazante entre mi hermana y el Guazamader. —¡No la toque o le doy un golpe! ¡Agárreme a mí! ¡Yo soy el que quería tirarle los globos de agua!

Trato de golpearlo con la costilla, pero le yerro. El Guazamader se ríe y dice, —Guazamader es que nadie me toca, ¡así que les voy a tocar a ustedes con esta mano!

Trato de asestarle un golpe, pero lo esquiva una vez más y dice, —Guazamader es que nadie me mira a los ojos, ¡así que ustedes van a quedarse en esta cueva hasta que se queden ciegos!

Imaginándome que la costilla es un bate de beísbol y él

"C.M.!" As I cry out my sister's name, a woman appears at the back of the cave. With her long hair and white gown, she looks like a ghost, the same spirit that wanders the river searching for her children. Yes, it's la Llorona!

She'll want to take me with her! I've got to hide, but there's nowhere to go. I can't even see the entrance anymore.

But no wonder I can't see anything. *Tía* Zulema's glasses are all fogged up. Ripping them off, I clean them with my shirt and put them back on.

Now, I can see that "la Llorona" is actually my sister. Her hair is loose, and she's wearing her white nightgown. But, my God! Has Whazamatter already made her into his slave?

No! No! She's crying because the ugly creature is chasing her. He's trying to catch her with his twisted hand!

"No!" I scream, tearing one of the ribs from the wall. Something growls beneath my feet—it sounds like a wild animal or, maybe, the rumbling of a volcano.

With the broken rib in my hand, I run between my sister and Whazamatter, threatening him, "Don't you touch her or I'll hit you! Take me! I'm the one who wanted to throw water balloons at you!"

I try to clobber him with the rib, but I miss. Whazamatter laughs and says, "Whazamatter is that nobody touches me, so I'm going to touch you with this hand!"

I take another swing at him, but he ducks and says, "Whazamatter is that nobody looks me in the eye, so I'm going to make you stay in this cave until your eyes can't see anymore!"

Imagining the rib is a baseball bat and Whazamatter is

la pelota, una vez más trato de golpearlo, usando todas mis fuerzas. Pero el Guazamader coge la costilla con la mano seca. En seguida la costilla se convierte en polvo.

—¡Guazamader —ruge—, es que nadie me quiere, ¡así que ustedes van a vivir conmigo para siempre, quieran o no quieran!

—¡A huir! —le grito a la C.M., cogiéndola de la mano. Corremos juntos a la salida de la cueva. Al pasar la mata de las manos, la vuelco con el pie.

El Guazamader tropieza con la *olla* y se cae con un aullido espantoso. Las manos de la mata se ponen a asirse de él, de sus pantalones rotos, de sus barbas sucias, y sus greñas.

—¿Cómo supiste hallarme? —me pregunta la C.M. cuando salimos a la luz.

—Tus lloridos me llamaron. Tú sabes que siempre te puedo oír cuando lloras —le respondo, contento de habernos escapado de ese barbudo tan fiero.

Pero ese júbilo no dura mucho, porque mi hermana y yo ya hemos llegado a la orilla de un precipicio. No hay salida por ningún lado, pues el abismo nos rodea. ¡Estamos atrapados!

Miramos hacia abajo, pero no podemos ver el fondo del cañón. Hasta las águilas vuelan debajo de nosotros—o ¿serán zopilotes?

—¡¿GUAZAMADER?!

¡Oh no! ¡Ya viene el Guazamader para secarnos para siempre!

—¿Qué vamos a hacer? —le pregunto aterrado a C.M.

—Tendremos que saltar —replica.

—¡Estás loca! ¡Nos matamos en las piedras!

—No tenemos alternativa, hermano. Ahora sí vas a

the ball, I swing at him one more time with all my might. But Whazamatter catches the rib with his dried-up hand. Suddenly, the rib turns to powder.

"Whazamatter," he roars, "is that nobody likes me, but you are both going to live with me forever, like it or not!"

"Let's run for it!" I shout at C.M. as I grab her hand. Together we race out of an opening in the back of the cave. As I pass by the hand plant, I knock it over with my feet.

Whazamatter trips over the pot and falls to the ground with a terrifying howl. The hands on the plant start tugging at him, clenching his torn pants, dirty whiskers, and wild hair.

"How did you know where to find me?" C.M. asks when we come out into the light.

"Your crying called me. You know I always hear you when you cry," I reply, relieved to have finally escaped that bearded old monster.

But that good feeling doesn't last, because now my sister and I have come to the edge of a cliff. There's no way around the huge gorge that surrounds us. We're trapped!

We both look down, but we can't even see the bottom of the canyon. Even the eagles seem to be flying below us—or are they vultures?

"WHAZAMATTER?!"

Oh no! Here comes Whazamatter to dry us up forever!

"What are we going to do?" I ask C.M. in terror.

"We'll have to jump," she replies.

"You're crazy! We'll be killed on the rocks!"

"We don't have any choice, little brother. This time

tener que brincar. Lo podrás hacer si me agarras de la mano.

—¡¿GUAZAMADER?! —brama el monstruo al precipitarse sobre nosotros.

—¡Ahora! —grito, agarrando a mi hermana de la mano. Saltamos juntos.

you're going to have to jump. You can do it if you take my hand."

"WHAZAMATTER?!" the wild man roars as he falls upon us.

"Now!" I scream, grabbing my sister's hand. Together, we jump.

EIGHT

A Joust in the Cañada Bonita

OCHO

Una justa en la Cañada Bonita

Quién sabe cuánto tiempo hace que vamos cayendo.

Al brincar, creí que todo se acabaría en un instante, pero no es así. Todavía no hemos llegado al fondo del cañón donde nos espera la muerte.

O tal vez ya hemos muerto sin saberlo. ¿Es así que es la muerte? ¿Seguimos cayendo para siempre?

Lo que sí sé es que yo no soltaré de la mano a mi hermana, venga lo que venga. Lo que nos pase, nos pasará a los dos.

—Mira, Tomás —me dice C.M., señalando algo con el dedo de la mano que le queda libre.

—Pero, ¿qué serán? —le pregunto al ver las criaturas extrañas que flotan alrededor de nosotros.

—Son hipocampos —responde, y, sí, tiene razón. Vamos cayendo en medio de una gran manada de caballitos de mar. Por todos rumbos se ven los caballitos verdes que nadan y retozan por el aire como *papalotes* en el viento.

Pero esto es imposible, pienso, y al pensarlo, todo se vuelve aún más imposible.

¡Ahora han aparecido dos delfines! Estos inteligentes y hermosos peces nos acompañan en nuestra caída. Revolotean como sólo ellos lo saben hacer. Uno salta por arriba de nuestras manos unidas mientras que el otro pasa por debajo.

Pero, ¿hemos caído en el mar? Siempre he soñado con el mar, pero nunca esperaba hallarme hundido en él. Pero, ¿cómo es que podemos respirar? A lo mejor sí hemos muerto y soñamos el sueño de los muertos.

—No han fallecido —dice uno de los delfines en español. ¡Figúrate! ¡Habla un español perfecto!

—Tampoco han muerto —dice el segundo delfín.

Who knows how long we've been falling.

When we jumped, I thought it would all be over in an instant, but that's not how it is. We still haven't reached the bottom of the canyon where death awaits us.

Or maybe we already died without knowing it. Is this what death is like? Do you just keep falling forever?

The only thing I know is that I'm not going to let go of my sister's hand, no matter what. Whatever happens is going to happen to us both.

"Look, Tomás," C.M. says, pointing with her free hand.

"But what in the world are they?" I ask as I gaze at the strange creatures floating all around us.

"They're seahorses," she replies—and, yes, she's right. We're falling through a huge herd of seahorses. The little green horses are swimming and romping through the air around us like kites in the wind.

This is crazy, I think to myself. But as soon as I think it, things get even crazier.

Now two dolphins have appeared! The beautiful and intelligent fish are accompanying us in our fall. Playing as only they know how to play, one of them leaps over our joined hands while the other bobs underneath us.

Have we fallen into the sea? I've always dreamed about the sea, but I never expected to find myself sinking into it. But how are we able to breathe? Maybe what's happened is we really have died and now we're dreaming the dreams of the dead.

"You have not passed away," one of the dolphins says in Spanish. Imagine! He's talking perfect Spanish!

"You haven't died either," the second dolphin says.

Luego, los dos dan una vuelta y vuelven a pasar en medio de nosotros, siempre riéndo a gorgoteos.

—¡Ja, ja, ja! —se ríe el primero—. Ustedes no están en el agua—¡ja, ja, ja!

—¡Jo, jo, jo! —dice el otro, descosiéndose de risa—. Solamente pasan al otro lado—¡jo, jo, jo!

—Pero, ¿qué cosa es el "otro lado"? —pregunto—. ¿Dónde será?

—Lo conocerán cuando lleguen allí —dice el primer delfín al dar otro pase.

—Llegarán allí cuando lo conozcan —añade el otro.

—¿Cómo? —decimos C.M. y yo a la vez.

—Sólo hay que alcanzar las estrellas —responden los dos también a una voz.

Quiero decirles que su nueva respuesta es aún más confusa que la otra, pero ya los hemos dejado atrás—o, mejor dicho, arriba, porque ahora vamos cayendo con más velocidad.

Me empieza a dar mucho miedo, pero C.M. me agarra más fuerte de la mano, y exclama, —Pero mira, ¡qué maravillas, hermano!

No sabía que había apretado los ojos, pero al abrirlos veo que hay todo un universo de peces que nos rodean—dorados, peces espadas, tiburones, pulpos, pastinacas, ballenas . . . y estrellas de mar. ¡Tantas estrellas de mar como las hay en el cielo!

Cuando levanto la mano para tocar una de esas estrellas vivas, se me llenan los ojos de una luz más blanca que lo blanco.

· · · · ·

Then the two of them make a turn and pass between us again, gurgling a laugh as they go by.

"Hee, hee, hee!" the first one laughs. "You're not in the sea—hee, hee, hee!"

"Aiee, aiee, aiee!" the second one says, laughing his fins off. "You're only crossing over to the other side—aiee, aiee, aiee!"

"But what's the 'other side'?" I ask. "Where is it?"

"You'll recognize it when you get there," the first dolphin says as they make another pass.

"You'll get there when you recognize it," adds the other one.

"What?" both C.M. and I ask at the same time.

"Just reach for the stars," the two dolphins reply, also talking at once.

I want to tell them that their new answer is even more confusing than the last one, but we've already left them far behind—or, I should say, above us because now we're falling at a much faster speed.

I'm scared to death, but C.M. squeezes my hand even tighter and exclaims, "Look now, Tomás—you won't believe your eyes!"

I didn't realize I had shut my eyes, but when I open them, I see we are surrounded by a whole bunch of fish—dorados, swordfish, sharks, octupuses, stingrays, whales . . . and starfish. There are as many starfish as there are stars in the sky!

When I raise my hand to touch one of those living stars, my eyes are flooded with a light whiter than the color white.

·   ·   ·   ·   ·

Es el lucero del alba que trato de alcanzar, la única estrella en un cielo totalmente azul. Parece estar colgada de la media luna que aparece entre dos mesas en el horizonte.

Al bajar la mano, me doy cuenta que dejamos de bajar. Pero tampoco estamos sobre la tierra. Mi hermana y yo hemos caído sobre . . . ¡sobre el lomo de un caballo!

Estoy sentado adelante, con las riendas en la mano. Detrás de mí cabalga C.M. que va susurrando no sé qué.

—¿Qué decías? —le pregunto.

—Es Asia —responde, asombrada.

—¿Qué? ¿El caballo del calendario?

—Exacto, Tomás. Es mi alazán. Pero ahora se ha vuelto verde.

—¿Verde? —pregunto, mirándole el pelo que me parece tan rojo como las mesas delante de nosotros.

C.M. suelta una carcajada, pero yo no lo dije en broma. Tampoco hablo en broma cuando le digo, —No sé montar a caballo.

—Sí sabes —dice mi hermana que no ha dejado de acariciar el caballo desde que caímos sobre él. Por supuesto, a ella le encantan los caballos. Para mi hermana, este animal es un viejo amigo.

Pero para mí, es puro mesteño. Ahora mismo está temblando como si pensara respingar. O ¿seré yo el que tiembla? Todavía me acuerdo del caballo de mi abuelo, y el susto que me dio.

Apenas tendría yo unos cinco años cuando mi abuelo me montó en su caballo, diciéndome, —A tu edad tu papá ya montaba a caballo—. Yo sentí tanto miedo que desde ese momento les tiemblo a los caballos.

Pero ahora me doy cuenta que el caballo no tenía nada que ver con el miedo que yo tenía. Ese miedo era mío, de modo que ahora puedo deshacerme de él.

It's the morning star that I'm trying to reach, the only star in an endless blue sky. That star looks like it's hanging from the crescent moon there on the horizon between the two mesas.

As I lower my hand, I realize we are no longer falling. But we're not on the ground either. My sister and I have fallen on . . . on the back of a horse!

I'm sitting in front with the reins in my hands. C.M. is sitting behind me, whispering something.

"What did you say?" I ask.

"It's Asia," she replies with wonder in her voice.

"What do you mean? The horse from your calendar?"

"Yes, Tomás. It's my sorrel. Except now he's turned green."

"Is he green?" I ask, looking at the horse's hair that looks as red to me as the mesas up ahead.

C.M. breaks out laughing, but I didn't mean it as a joke. I'm not joking either when I tell her, "I don't know how to ride a horse."

"Yes, you do," says my sister. She hasn't stopped petting Asia since we fell onto his back. Of course, C.M. loves horses. To her, this animal is an old friend.

But to me, he's a wild mustang. Right now he's trembling as if he's getting ready to buck us off. Or maybe I'm the one who's trembling. I still remember that horse of my grandfather's and how much he scared me.

I was only about five years old when my grandfather sat me on the back of his horse, saying, "Your father was already riding by the time he was your age." I got so scared that I've hated horses ever since.

But now I realize that it wasn't the horse's fault. I was the one who was afraid, so I can stop being afraid now.

Todo lo que tengo que hacer es imaginarme en el lugar de mi abuelo. Como él, estaré muy cómodo montado en este caballo. Sin miedo, puedo imaginar la silla y los estribos en los cuales me afirmo ahora. Me siento muy seguro, así como me sentiría cuando mi papá me paseaba sobre sus espaldas.

—Sí sé montar a caballo, tienes razón —le digo a C.M.—. Abrázame bien, porque ya vamos.

En eso, oímos el relincho de otro caballo desde las mesas. Asia contesta el relinchido y se pone a trotar.

¡Allí está!

Subiendo la vereda entre las dos mesas *coloradas* está el Sota de Copas, montado en un enorme caballo blanco cubierto de amardura. ¡Y yo que creía que jamás lo volvería a ver!

Ahora sí le doy al caballo para que se apresure. Nos echamos a galope hacia las mesas que yacen debajo de la media luna. A medida que las pezuñas del caballo van aventando arena a derecha e izquierda, me dice C.M., —Nos lleva a la luna.

—No —le digo—, es al Sota de Copas que vamos siguiendo.

—Síguelo tú, hermano—es tu viaje. Yo me quedo con la luna.

Diciendo eso, C.M. se pone de pie sobre las ancas del caballo como un acróbata de circo.

—¡No hagas eso! ¡Te vas a caer! —le grito, lleno de pánico.

—No te asustes —me dice mientras empezamos a subir la vereda entre las dos mesas. Por aquí pasó el Sota de Copas, aquí donde ha permanecido la media luna como si estuviera pintada en el cielo.

—Es tu caballo ahora, hermano. Te lo regalo. Cuídate bien y nos vemos pronto.

All I have to do is imagine myself in my grandfather's shoes. Like him, I'll be fine on the back of this horse. Now that I'm not scared anymore, I can imagine the saddle and stirrups I'm settling into. I feel safe, as safe as I must have felt when my papa used to give me rides on his back.

"You're right—I do know how to ride a horse," I tell C.M. "Hold on tight, because here we go."

At that moment another horse begins to neigh from the mesas. Asia answers with his own neigh and breaks into a trot.

There he is!

The Jack of Hearts is going up the path between the two red mesas, riding a huge white horse covered with armor. And I thought I was never going to see him again!

Now I begin to make Asia go faster. We gallop towards the mesas that lie beneath the crescent moon. While the horse's hooves send sand flying in all directions, C.M. says, "He's taking us to the moon."

"No," I tell her, "we're following the Jack of Hearts."

"You follow him, little brother—it's your journey. I'm going to stay with the moon."

With those words, C.M. stands up on the horse's back like a circus acrobat.

"Don't do that! You're going to fall!" I yell at her in panic.

"Don't worry," she says as we begin to climb the path between the two mesas. This is where the Jack of Hearts went, here where the crescent moon has remained as if it were painted in the sky.

"He's your horse now—I give him to you. Take good care of yourself. I'll see you soon!"

—¡C.M.! —grito, pero es por nada. Ella ya ha saltado del caballo para asirse de la media luna.

Aunque ahora estoy a solas, no me siento solo. Será porque Asia sí es mi caballo. Me siento como parte de este animal. Es como si las cuatro piernas que pisan el suelo fueran mías, y las manos que llevan las riendas, suyas.

Así se sentiría mi abuelo en los tiempos cuando todavía podía montar a caballo. Era lo que más le gustaba en el mundo, según tía Zulema. —Mi hermano vivía montado a caballo —dice ella.

Bueno, ahora vive sentado en una silla de ruedas, ¡pobrecito de mi abuelito! Pasa todo el día platicando de los caballos que tenía, contando los viejos cuentos con los ojos en la lejanía.

Pero, ¡qué increíble! ¡Pienso en mi abuelo, y aquí me encuentro, en camino a su rancho!

Yo conozco este llano de chamisos donde la hierba crecía más alto que él en sus tiempos. Así me platicó mi abuelo la última vez que fue a su rancho a herrar sus becerros. Me llevó con él, y aunque yo apenas era un *mocosito* en aquel entonces, todavía me acuerdo de todo lo que me decía.

Y, sí, allí está el cerro que llaman "el Huérfano." Mi abuelo me contó que hay un monstruo que vive en la cima de ese cerro negro. Cuando este pobre era niño, perdió a sus padres. Con el tiempo se puso tan triste que por fin se convirtió en un monstruo.

Ahora pasa sus días buscando a los niños que menosprecian a sus padres. Si te portas mal con tus padres, el monstruo se los come y te deja huérfano como él.

—¡Qué barbaridad!

"C.M.!" I scream, but it's too late. She's already leaped from the horse and grabbed onto the crescent moon.

Even though I'm by myself now, I'm not lonely. Maybe it's because Asia really is my horse. I feel like I'm part of this animal. It's almost as if the four legs pounding the ground are mine, and the hands holding these reins are his.

This must be the way my grandfather used to feel when he was still able to ride a horse. There was nothing in the world he loved more. As *tía* Zulema used to say, "My brother's life was spent sitting on the back of a horse."

Well, now my poor grandfather spends all his time sitting in a wheelchair. All day long he talks about the horses he used to have, telling the old stories with distant eyes.

This is amazing! Here I am, thinking about my grandfather, and now I find myself on the road to his ranch!

I recognize this stretch of sagebrush where the hay used to grow taller than my grandfather back in his days. That's what he told me the last time he went up to his ranch to brand his calves. He took me along with him, and even though I was a little kid at the time, I still remember everything he told me.

Yes, there's the hill they call "el Huérfano." My grandfather told me a monster lives on top of that black hill. When he was little, he lost his parents. The poor guy got so sad that he ended up turning into a monster.

Now he spends his days looking for children who are mean to their parents. If the monster catches you disobeying your mother and father, he eats them and leaves you an orphan like him.

"That's barbaric!"

—¿Quién dijo eso? —pregunto.

—Pues, ¿quién crees? —responde Asia, sacudiéndose las crines.

—Asia, yo no sabía que tú podías hablar como una persona.

—No es lo que hago. Es que ahora tú estás hablando como un caballo, sólo que no lo sabes. A propósito, gracias por rescatarme del calendario.

—¿Yo hice eso? —le pregunto—. Pero, ¿cómo?

—Cuando brincaste del precipicio, despegaste el tiempo. Y a última hora, joven, pues estaba para terminar mi año.

—¿Tu año?

—En el calendario, zonzo. Acabado el año, me botan.

—Oh, nunca pensé en eso.

—Pero, ¡qué bien me siento poder estirar las piernas y correr! ¡Correr sin fijarme en la fecha! Mira, joven—ya lo alcanzamos.

Levanto la cabeza y lo veo—¡el Sota de Copas! ¡Sí lo hemos alcanzado! Estamos tan cerca a él que hasta puedo divisar el corazón rojo que lleva pintado en el espaldar de la armadura.

Va subiendo hacia la Cañada Bonita. Así se llama la gran pradera que confina con el rancho de mi abuelo.

Pero, ¿qué hace? Saca la lanza como si se preparara para . . . sí, ¡para una justa! ¡Una justa en la Cañada Bonita!

De repente echa a galope con la lanza en ristre. Y aquí viene el adversario a todo galope en un caballo negro. Chocan con gran estrépito, pero ninguno de los dos es derribado.

Cuando dan vuelta para volver a atacar, trato de ver quién es el adversario. Sé que no es ningún caballero,

"Who said that?" I ask.

"Well, who do you think?" replies Asia with a shake of his mane.

"Asia, I didn't know you could talk like a human."

"I'm not. You're talking like a horse, except you don't realize it. By the way, thanks for rescuing me from the calendar."

"I did that?" I ask. "But how?"

"When you jumped off the cliff, you unstuck time. And just in the nick of time, my boy. My year was almost up."

"Your year?"

"You know, dummy—on the calendar. Once the year ends, they throw me away."

"Oh, I never thought about that."

"Anyway, it sure is nice to stretch my legs and run—to run without even thinking about the date! Look, my boy—we've caught up with him."

I look up and see him—the Jack of Hearts! It's true—we've caught up with him! We're so close that I can even make out the red heart painted on the back of his armor.

He's climbing up to the Cañada Bonita. That's what they call the large meadow that borders my grandfather's land.

But what in the world is he doing? It looks like he's getting his lance ready for—yes, for a joust! A joust in the Cañada Bonita!

Suddenly, he begins galloping with his lance raised. And here comes his rival, galloping towards him on a black horse. They meet with a terrible crash, but neither one of them falls.

As they circle around to make a second run, I strain my eyes to see who the opponent is. He's not a knight,

pues va vestido de vaquero con sombrero de *cowboy*. Y en lugar de lanza, ¡trae un lazo en la mano!

Otra vez se enfrentan y me sorprende ver que el vaquero trata de enlazar al Sota de Copas. Tira el lazo, alcanza la lanza del caballero, y se la arranca de la mano.

Desarmado, el Sota de Copas le da a su caballo y sale huyendo. Mientras tanto, el vaquero viene trotando hacia mí, arrastrando aún la lanza enemiga con el *cabresto*.

¡Boquiabierto, me entero de que es mi abuelo! No parece el mismo—joven, fuerte—pero sé que es él, por los ojos que ya no están vacíos sino llenos de fuego.

—Le dije que no se metiera en la Guerra —dice. Luego, coge la lanza y la rompe con sus manos de gigante como si fuera un palillo.

—Yo no habría tenido que vender mis animales si él no se hubiera ido. Y cuando yo muera, ¿qué será de mis tierras? Mi nieto no tiene ningún interés en el rancho.

Sé que habla de mí, pero, ¡sí que me interesa! —¡Abuelo! —le digo, totalmente pasmado—, ¡yo me haré cargo del rancho!

Pero no me hace caso. Pasa por delante de mí como si no me viera.

—¡Abuelo! —repito en voz alta, y ahora, sí, se detiene y me mira.

—Voy *pa'rriba, m'ijo* —dice—. Tengo que buscar unos becerros que no han bajado del monte.

—¿Voy con *usté, agüelito*?

—No, *m'ijo*. Tienes que seguir tu propia vereda.

—Pero no sé adónde me lleva.

—Nunca sabemos hasta que no llegamos. Pero no te apenes . . . vas bien.

that's for sure; he's dressed like a cowboy, complete with the hat. And, instead of a lance, he's carrying a lariat!

They run at each other again, and I'm amazed to see the cowboy is trying to lasso the Jack of Hearts. But what he ends up lassoing is the lance, which he rips out of the knight's hand.

Stripped of his weapon, the Jack of Hearts spurs his horse and gallops away. Meanwhile, the cowboy comes trotting towards me, dragging the lance with his rope.

My mouth falls open when I realize it's my grand-father! He looks different—so young and powerful. But I recognize him from the eyes which are not empty but full of fire.

"I told him not to get involved with the War," he says. Then he lifts the lance and breaks it in his enormous hands as if it were a toothpick. "I wouldn't have had to sell all my animals if he hadn't gone away. Now, what will happen to my ranch after I die? My grandson doesn't care about the place."

I know he's talking about me, but, yes, I *do* care! "Grandfather!" I call out in amazement. "I'll take care of the ranch!"

But he doesn't pay any attention to me. He passes right in front of me as if he doesn't even see me.

"Grandfather!" I repeat in a louder voice, and, finally, he stops and looks at me.

"I'm going to the high country, *m'ijo*," he says. "I've got to look for some calves that didn't come down from the mountains."

"Can I go with you, Grandpa?"

"No, *m'ijo*. You have to follow your own path."

"But I don't know where it's taking me."

"We never know until we arrive. But don't worry . . . you're going the right way."

—¡Vamos! —le manda a su caballo. Y aunque ya se ha alejado, todavía le oigo decir, —Que Dios te bendiga, *m'ijo.*

Vuelvo la cabeza y veo un *pinabete* muy grande. Mientras me dirijo hacia él, me doy cuenta que me es muy conocido. Sí, ¡es el mismo *pinabete* que mi papá pintó en el cuadro que está en mi cuarto de dormir!

Ahora miro la escena exactamente como él la pintó: al fondo, las montañas azules coronadas de nieve; a un lado, el viejo *pinabete* que alcanza hasta las nubes; y al otro lado, la cabaña que levantó mi abuelo con sus propias manos.

—Ya llegamos —le digo a Asia, y es como si le hubiera *jalado* las riendas. Desmonto y me dejo caer a la orilla de un *rito.*

No sabía que estaba tan rendido. Me inclino sobre el *rito*, me mojo la cabeza, y bebo hondamente de las aguas claras y heladas.

Refrescado, empiezo a subir la vereda que conduce a la cabaña. Se me ocurre llevar a Asia conmigo, desde luego, pero ya no se ve por ninguna parte.

De modo que voy subiendo la vereda a solas, pasando por entre los álamos, cuyas hojas se han vuelto tan amarillas como la lumbre.

Ahora, sí, voy llegando a la cabaña. No es muy grande, pero los *cuartones* de las paredes sí son enormes. No sé cómo las pudo levantar mi abuelo.

Delante de la cabaña está el montón de leña que partió mi abuelo en otros tiempos. Al principio, pienso que lo estaré imaginando, pero puedo oler el piñón que se quema. Luego, miro hacia arriba y me doy cuenta que sí hay humo que sale del *chiflón* mohoso. Debe haber alguien adentro.

"*Vamos!*" he commands his horse. And even though he's already disappeared, I can still hear him saying, "May God bless you, *m'ijo.*"

I turn my head and see a huge ponderosa pine. As I ride towards it, I realize the tree is familiar. Yes—it's the same ponderosa my papa painted in the picture that hangs in my bedroom!

I'm seeing the scene exactly as he painted it. In the background, the blue snowcapped mountains. To one side, the ancient ponderosa stretching to the clouds. And, on the other side, the cabin my grandfather built with his own hands.

"We're here," I tell Asia, and he stops as if I had pulled on the reins. I climb off and collapse at the side of a stream.

I didn't realize I was so exhausted. Leaning over the stream, I wet my head and take a deep drink of the clear, freezing water.

Refreshed, I begin climbing the narrow path that leads to the cabin. Naturally, I was planning on taking Asia along with me, but I don't see him anywhere.

So I'm on my own as I make my way through the opening in the aspens whose leaves have turned yellow as fire.

Finally, I arrive at the cabin. It's not that big, but the logs that make up the walls are enormous. I don't know how my grandfather could have lifted them.

In front of the cabin is the mountain of firewood my grandfather split in other times. At first I thought I was imagining it, but I can smell that piñon wood burning. Then I look up and notice there is smoke coming out of the rusty stovepipe. Someone must be inside.

Cuando me arrimo, me asombro de ver un sombrero viejo colgado de un clavo al lado de la puerta. ¡Es el mismo sombrero deformado y acabado que me imagino que siempre llevaría papá!

Llamo a la puerta, pero nadie contesta. Me pongo a escuchar, pero no se oye ningún ruido adentro. Vuelvo a tocar—todavía nada. Sigue un silencio como el de los picos nevados en la distancia.

Tal vez debería tener miedo, pero quiero saber quién está en la cabaña de mi abuelo. Ojalá no sea un ladrón, pienso, al hacer fuerza por abrir la puerta. Pero está atrancada; el picaporte está bien helado.

Bueno, si no puedo oír nada, tal vez puedo ver quién está jugando conmigo. Sé que la cabaña tiene dos ventanas, una que da al oriente y la otra al poniente.

Así que empiezo a dar una vuelta alrededor de la cabaña. Al llegar a la ventana del poniente, trato de mirar para adentro, pero es imposible.

El vidrio de la ventana parece haberse convertido en espejo. En lugar de ver lo que está adentro, veo a un muchacho con anteojos gruesos—¡soy yo que me miro a mí mismo!

—Pero, ¡qué extraño! —digo entre dientes, a medida que doy un rodeo a la cabaña. La ventana del oriente, por lo menos, parece no tener obstáculos. Pero hay un nido encima de la ventana. Cuando me acerco a ella, se lanza una golondrina del nido para atacarme.

—¡No! —le grito al pájaro enfurecido que se lanza sobre mí—. No quiero molestar tu nido—sólo quiero ver quién está adentro de la cabaña.

—¿Por qué no-o-o dijiste eso de u-u-una vez? —arrulla la golondrina—. De to-o-odos modos, es inú-ú-útil mirar por la ventana de este lado. Tu-u-us ojos no están listos para el o-o-oriente.

As I approach the door, I'm amazed to see an old hat hanging on a nail next to it. It's the same floppy, worn-out hat I've imagined my father wearing!

I knock on the door, but no one answers. I listen very hard, but I don't hear a sound. Then I knock again, but there's still no answer. It's as quiet as the snowy peaks in the distance.

I probably should be afraid, but I've got to see who's inside my grandfather's cabin. I just hope it's not a thief, I think, as I try to open the door. But it's locked; the latch is frozen.

Well, if I can't hear anything, at least I can see who's playing with me. I know the cabin has two windows, one to the east and the other to the west.

So I start walking around the cabin. When I get to the west window, I try to look in, but it's impossible.

The window seems to have turned into a mirror. Instead of seeing what's inside, I see a kid wearing thick glasses. It's me looking at myself!

"That's weird!" I say under my breath as I round the cabin. It looks like the east window is clear, at least. But there is a nest over the window. When I come close, a swallow flies out of the nest to attack me.

"No!" I scream at the angry bird who is dive-bombing me. "I don't want to bother your nest—I'm just trying to see who's inside the cabin."

"Why didn't yo-ou-ou say so-o-o right away?" the swallow coos. "Anyway, it's u-u-useless to look through this windo-o-ow. You-ou-our eyes aren't ready fo-o-or the east."

¡Magnífico!—digo para mí, este pájaro es peor que los delfines para hablar en enigmas.

—Si das la vue-ue-uelta tres veces, entonces sí podrás mirar por la ventana del po-o-oniente —añade, antes de amadrigarse en su nido.

Bueno, nada se pierde con probar, así que doy las vueltas—una, dos, tres. Y, sí, pasa exactamente como lo predijo el pájaro mágico. El vidrio de la ventana se aclara y puedo distinguir a alguien sentado a la vieja mesa de madera al lado de la estufa de leña.

Es una mujer, una mujer joven y muy hermosa. Tiene unas largas trenzas negras que caen en cascada hasta el suelo. Tiene la cara radiante, como la de un ángel.

No sé quién es, pero es como si la conociera. Tampoco sé lo que hace. Parece estar muy entretenida cosiendo algo. Está inclinada sobre su trabajo, *jalando* la hebra con mucha precisión.

La miro buen rato hasta que comprendo lo que está haciendo. La mujer misteriosa está bordando, pero lo increíble es que no lo hace con hebras.

A cada pasada de la aguja, coge una lágrima de los ojos, y la va alargando en una hebra reluciente. ¡Esta mujer está bordando con sus propias lágrimas!

No quiero romper el encanto, pero por fin toco ligeramente a la ventana. Ahora la mujer sí me hace caso. Deja de bordar, se enjuga las lágrimas con la manga del vestido blanco, y vuelve la cara para mirarme. Es curioso, pero el verme no la coge de sorpresa. Es casi como si me esperara.

Con una sonrisa, se levanta y va a la puerta para recibirme. Adentro hay una luz dorada, como la que dan las velas votivas que tiene tía Zulema sobre el altar en su cuarto de dormir. Huele a . . . pues, como a estar en casa.

Great, I think to myself, this bird is worse than the dolphins for talking in riddles.

"If you go arou-ou-ound the cabin three times, you'll be able to see throu-ou-ough the window of the west," she adds before burrowing back into her nest.

Well, I've got nothing to lose, so I go around the cabin—once, twice, three times. And, yes, it's just like the magical bird predicted. The glass clears, and I can make out somebody seated at the old wood table next to the wood-burning stove.

It's a woman—a young, beautiful woman. She has long, black braids that fall down to the floor. Her face shines so brightly she looks like an angel.

I don't know her, and yet, it's as if I've met her. I also can't figure out what she's doing. It looks like she's busy sewing something. She's leaning over her work, pulling the thread very carefully.

I watch her for a long time before I finally realize what she is doing. The strange lady is embroidering, but the incredible thing is she isn't using thread.

Each time she lifts the needle she pulls a tear from her eyes, which she stretches into a gleaming thread. This woman is embroidering with her own tears!

I don't want to break the spell, but I finally tap lightly on the window. Now the woman notices me. Leaving her embroidery, she dries her tears with the sleeve of her white dress and turns to look at me. It's strange, but she doesn't seem to be surprised to see me. It's almost as if she were expecting me.

With a smile, she gets up and goes to the door to let me in. There is a golden light inside, much like the light from *tía* Zulema's votive candles at the altar in her bedroom. It smells like . . . well, like being at home. It smells

Huele a tortillas acabadas de hacer, a *trementina*, a la cama que uno no quiere dejar a la madrugada.

La belleza de la mujer de pie a la puerta me deja enmudecido. Bueno, pero ella tampoco me habla a mí cuando me hace entrar a la cabaña.

Aún sonriente, indica con la mano que me siente a la mesa donde ella estaba bordando. Al sentarme me quedo asombrado, pues ¡sobre la mesa delante de mí está la *colcha* de tía Zulema!

Es la misma *colcha* que me mostró mi tía en su cuarto de dormir: un Santo Niño con sólo la mitad de la cara. Miro a la mujer sentada frente a mí, y de pronto comprendo. ¡Es tía Zulema cuando era joven!

—Sí, *m'ijo*, soy yo —me dice con la voz que conozco muy bien, adivinándome el pensamiento como siempre—. Y ahora has venido a despedirte de mí.

No—pienso decirle, pero lo que me sale de la boca es un "sí."

Sí, es verdad. Aquí estoy para despedirme. Si quiero seguirle los pasos al Sota de Copas, tendré que despedirme de todos, inclusive tía Zulema.

Me quito los gruesos anteojos y se los entriego a ella.

—Tome —le digo—. Creo que son suyos.

—Sí —responde sencillamente. Tan pronto como se pone los anteojos, la mujer joven y bonita se transforma en la anciana que yo conozco. Ante mis propios ojos, el cutis suave de la cara se le llena de arrugas, y el negro y relumbroso pelo se le vuelve completamente blanco.

Sólo la sonrisa es la misma, la sonrisa que nunca envejece.

Levantando una mano arrugada, tía Zulema señala hacia la puerta. Vuelvo la cabeza para ver que el Sota de Copas se aleja como si hubiera estado allí a la puerta espiándonos. Ahora él también se transforma.

like fresh tortillas, piñon pitch—like the bed you hate to leave in the morning.

The beauty of the woman standing at the door leaves me wordless. But, then, she doesn't speak to me either when she lets me into the cabin.

Still smiling, she leads me to a seat at the table where she was embroidering. When I sit down I am amazed for, here on the table before me, is *tía* Zulema's *colcha!*

It's the same *colcha* my aunt showed me in her bedroom, a Santo Niño missing half of his face. As I gaze at the woman seated before me, I suddenly understand. It's *tía* Zulema when she was a young woman!

"Yes, my son, it's me," she says in the voice I know so well, reading my thoughts like always. "And now you've come to say good-bye to me."

No, I want to tell her, but the word that comes from my mouth is yes.

Yes, it's true. I'm here to say good-bye. If I really want to follow the Jack of Hearts, I'll have to say good-bye to everyone. Including *tía* Zulema.

"Here," I tell her, taking off the thick glasses and handing them to her. "I think these are yours."

"Yes, they are," she says simply. As soon as she puts the glasses on, the young, beautiful girl turns into the old woman that I know. Before my very eyes the smooth skin of her face fills up with wrinkles, and her shiny black hair turns completely white.

Only her smile remains the same, the smile that never gets old.

Raising her wrinkled hand, *tía* Zulema points at the door. I turn my head to see the Jack of Hearts walking away as if he has been at the door watching us. And now he, too, is transforming.

Su armadura se evapora como el rocío bajo el sol. Cuando la nube de vapor que lo envuelve se desvanece, me doy cuenta que es, en efecto, un hombre, un hombre de carne y hueso vestido ahora de soldado, como mi papá en el retrato con el uniforme del ejército.

Al salir de la cabaña, veo que ese hombre del uniforme camuflageado ya ha dado vuelta al gran *pinabete* y se dirige a la sierra más alta.

He dejado atrás los anteojos de tía Zulema y, con ellos, el niño que ella conocía. Yo sé que ahora viene lo más difícil, pero estoy decidio a seguir a ese guerrero hasta el fin del mundo.

His armor evaporates like dew in the sun. When the cloud that envelopes him disappears, I see he is a real man, a man of flesh and blood who is dressed like a soldier, just like my papa in the picture of him in his army uniform.

As I leave the cabin, I see that the man in the camouflage outfit has rounded the huge ponderosa and is heading for the highest mountains.

I've left behind *tía* Zulema's glasses and, with them, the child she once knew. I know the hardest part is still to come. But now I'm ready to follow that warrior to the ends of the earth.

The Tiger Poet

El tigre poeta

Hace horas que voy subiendo la vereda que va abriendo el soldado delante de mí. Es todo cuesta arriba. A veces hasta tengo que subir gateando por los peñascos. Pero no me doy por vencido, aunque siento que las venas se me han convertido en arroyos secos.

¿Por qué hace tanto calor? No entiendo por qué, pues siempre creía que mientras más alto subía uno en el monte, más fresco se pondría. Será porque nos hemos acercado mucho al sol. Me siento como si anduviera en el planeta Mercurio durante el verano.

¡Qué no daría por una limonada como las que me da mi mamá cuando entro en casa después de jugar! Bueno, ahora me conformaría con un traguito de agua. Pero *ritos* en este monte tal vez no los hay. Y si hay un ojito por algún lado, seguro que se habrá secado con este *calorón*.

Me falta el aliento. El aire está tan caliente que es como aspirar piel. No, peor—es como aspirar miel virgen.

—Me sorprende que los pinos mismos no se enciendan con el *calorón* que hace —digo en voz alta. Tal vez no debí haber dicho eso, porque en seguida oigo un chisporroteo.

Alzo la vista y veo que las puntas de los *pinabetes* estallan en llamas. ¡El aire crepita con una lluvia de agujas de pino ardientes que caen por dondequiera!

¡Ay! ¡Me están quemando los brazos! Corro como un loco, pero no hay dónde protegerme de esta lluvia de fuego. ¡Temo que me arda el pelo!

—¡Socorro! ¡Ayúdenme —grito aunque sé que no hay nadie aquí.

A punto de darme por vencido, lo veo. ¡Me parece imposible! Allí junto a un peñasco muy grande se ve un . . .

I've been climbing for hours, following the path the soldier ahead of me is clearing. It's uphill all the way. At times, I've even had to crawl up the boulders on my hands and knees. But I refuse to give up, even though my veins feel like dried-up arroyos.

Why is it so hot? I always thought the higher you got in the mountains, the cooler it was supposed to be. Maybe it's because we've gotten too close to the sun. I feel like I'm walking on the surface of Mercury during the summer!

I wish I had one of those lemonades my mama gives me when I come in from playing outside! Actually, right now just a drink of water would be great. But there don't seem to be any streams in these mountains. And if there's a spring anywhere, it would have dried up by now in all this heat.

I can't even breathe. The air is so hot it's like breathing fur. No, worse than that—it's like breathing honey.

"I'm surprised the pines themselves don't catch on fire in all this heat," I say out loud. Maybe I shouldn't have said that because, all of a sudden, I hear a crackling noise.

I look up and see the tops of the ponderosas are bursting out in flames. The air is crackling as the burning pine needles rain down everywhere.

Ay! They're burning my arms! I run like crazy, but there's no shelter from this rain of fire. I'm afraid my hair is going to catch on fire!

"Help! Someone please help me!" I scream, even though I know there's no one here.

Just when I'm about to give up, I see it. I can't believe my eyes! There, sitting next to a huge boulder is . . . a car!

¡un automóvil! Pero no es cualquier coche—¡se ve como el Chevy de color turquesa de mi papá!

¿Cómo llegó hasta aquí? Debe estar sobre bloques allá en casa. Pero ahora no hay tiempo para hacerme preguntas, pienso, mientras abro la puerta de un tirón y brinco para adentro.

Sí, ¡es el coche de mi *tata!* Lo conozco por el bulto del Santo Niño que cuelga del retrovisor. Pero ahora el coche está muy cambiado. Se ve como nuevo, como si estuviera recién pintado. Tiene llantas nuevas y el parabrisas no está resquebrajado.

Adentro está tan limpio como el día que salió de la fábrica. Y en la ignición . . . ¡están las llaves!

Bueno, solamente una vez he conducido un coche, y esa vez no me fue muy bien. Mi mamá había llegado de la tienda de comestibles, me acuerdo, y había dejado las llaves en la *troquita.*

Cuando ella hacía de cenar, subí a la *troquita.* No pensaba conducirla. Sólo quería hacerla arrancar y moverla un poco. Tal vez pisé el acelerador en lugar del freno. De repente choqué contra la Toyota de la vecina. ¡Ay, las *nalgadas* que me dieron ese día!

Bueno, pero ahora todo es diferente. No sé cómo podré conducir en el bosque, pero tengo que hacer la lucha. Las agujas de pino ardientes ya han prendido fuego a la hojarasca en el suelo. Si no salgo de aquí ahora mismo, quedaré hecho cenizas.

Hay que *darle gas,* como dice Miguel cuando partimos en nuestras bicicletas. Sin mucho que esperar, piso el acelerador.

Empieza a rodar el Chevy. No entiendo cómo lo estamos haciendo, pero vamos subiendo por la vereda, saltando por encima de las piedras puntiagudas y los pinos caídos.

But it's not just any car. It looks like my papa's turquoise Chevy!

How did it get here? It's supposed to be up on blocks back home. Well, there's no time for questions now, I think, as I rip the door open and jump in.

Yes, it's my father's car all right. I can tell because of the statue of the Santo Niño hanging from the rearview mirror. Only now the car is totally changed. It looks new, as if it's been recently painted. The windshield is no longer broken, and there are new tires all around.

It looks as clean as it did the day it rolled out of the factory. And there in the ignition are . . . the keys!

I only drove a car once, and then it didn't go so well. I remember my mama had just gotten back from the grocery store. She had left the keys in the truck.

While she was busy making dinner, I got into the truck. I wasn't planning on driving it, though. All I wanted to do was start it up and move it a little. I must have stepped on the gas pedal instead of the brakes. Before I knew it, I had run into the neighbor lady's Toyota. Boy, did I get a spanking that day!

But it's a whole different story now. I don't see how I'll be able to drive here in the middle of the forest, but I've got to try. If I don't get out of here right away, I'm going to end up in a pile of ashes.

I've got to "give it gas," as Miguel likes to say when we take off on our bicycles. Without expecting anything, I step on the gas.

The Chevy begins to roll. I don't understand how we're doing it, but somehow we're climbing up the mountain path, bouncing off the sharp rocks and fallen pines.

Es casi como si el coche se desliza sobre los rieles. Vamos subiendo unas cuestas muy empinadas, y luego vamos cuesta abajo a toda carrera. Es como ir en una montaña rusa. ¡De buena suerte no he comido nada hoy! ¡CUIDADO! Adelante la vereda está cortada por dos *pinabetes* gigantescos. No hay lugar para pasar entre ellos, y tampoco hay modo de rodearlos.

Pero, ¡qué diablos! Piso el pedal del freno, pero el coche camina más rápido que nunca. El volante tampoco funciona. Le doy vueltas y más vueltas, pero el coche sigue derecho a los *pinabetes*.

¡Ahora sí voy a morir!

En el último momento, el coche agarra tanta velocidad que sube como un cohete y vuela por encima de los *pinabetes*. Como un astronauta, me encuentro pegado en el asiento por la aplastante fuerza de la gravedad.

¿Me habré desmayado? Cuando vuelvo en mí, me hallo acostado en el asiento del coche. Cuando me incorporo, me doy cuenta que el coche ya no se mueve. ¡Qué alivio!

Pero me estoy muriendo de sed. Si no hallo agua pronto . . . pero, ¿qué es esto en el tablero de instrumentos debajo del bulto del Santo Niño? ¡Es una cantimplora como las del ejército! La abro con prisa, y me trago el agua fresca hasta que me duele el estómago.

Saciada la sed, me pongo a pensar. Esta cantimplora debe ser del soldado camuflageado. Pero, ¿cuándo me la dejaría? Y, ¿dónde estará ahora?

Bueno, ni yo sé donde estoy—pienso, al abrir la puerta. Cuando salgo del coche, me asombro de ver que ahora está en bloques una vez más. Le faltan las llantas y tiene el parabrisas resquebrajado, como antes en casa.

Pero yo todavía estoy muy lejos de casa, pues parece que he venido a parar en un gran desierto. Hay arena por

It seems almost as if the car is on rails. We climb up some very steep slopes, and then we go racing downhill. It's like being on a rollercoaster. All I can say is it's a good thing I haven't eaten anything today!

WATCH OUT! The path ahead is blocked by two gigantic ponderosas. There's not enough room to drive between them, and there's no way to go around them either.

But what in the world is happening? I'm stepping on the brakes, but the car is running faster than ever. The steering wheel has stopped working, too. I turn it and turn it, but the car keeps heading straight for the trees.

Now I really am going to die!

At the last moment, the car picks up so much speed that it takes off like a rocket and flies over the trees. I'm plastered against the seat by the force of all those "G's."

I must have blacked out. When I wake up, I find myself lying on the seat of the car. As I sit up I notice the car isn't moving anymore. That's a relief!

But I'm dying of thirst. If I don't find some water soon . . . but what's this on the dashboard under the statue of the Santo Niño? It's a canteen like the kind soldiers use!

Quickly opening it, I drink the cool water until my stomach hurts.

Now that I've taken care of my thirst, I can think a little. This canteen must belong to the soldier in the camouflage uniform. But when did he leave it for me? And where is he now?

Well, I don't even know where I am, I think as I open the door. When I climb out of the car, I'm amazed to see it is up on blocks again. It has a broken windshield and no tires just like at home.

But I'm still very far from home. It looks like I've ended up in a huge desert. Everywhere I look there's

dondequiera que miro, ni un árbol ni una casa, solamente *medanales* que se extienden hasta el horizonte.

Lo peor es que el sol está a punto de ponerse y yo sin la menor idea adónde ir.

—Sigue la luz.

Otra vez la voz, pero no—no es igual a la del campo de beísbol. Esta voz parece venir de mis adentros. La escuché con la mente y no con los oídos.

—Bueno, seguiré la luz —digo en voz alta para darme más valor. Lo necesitaré porque el sol ya empieza a desaparecer detrás de los médanos.

Mientras camino rumbo al rojo horizonte, no puedo menos de pensar en los animales que pueden estar escondidos en las sombras que se van alargando con cada paso que doy.

Ahora quisiera tener la armadura del Sota de Copas para protegerme . . . pero, ¡ay! ¿Qué sería eso? Me pareció el gruñido de un tigre. ¡Sí, es un tigre! ¡Y está muy cerca!

GRRR . . . ¡cómo tengo hambrecita
de un chico con carne blandita!

Es natural, después de todo lo que me ha pasado. Estoy a punto de ser devorado por un tigre que habla, es más, un tigre que habla en rimas.

GRRR . . . los mejores poetas tienen cola
y cuatro patas.
Yo hago los versos—tú haces las patatas.

Al decir eso, el tigre se lanza contra mí. Al principio sólo oigo el terrible galope de sus grandes patas. Pero ahora veo los ojos amarillos que se deslizan en la oscuridad como dos soles feroces. ¡Van creciendo cada vez más!

nothing but sand. No trees, no houses, just sand dunes stretching to the horizon.

What's worse is the fact that the sun is about to set, and here I am with no idea of which direction to go.

"Follow the light." It's the voice again—but, no. This isn't the same voice from the baseball field. This voice seems to be coming from inside me. I heard it with my mind instead of my ears.

"Well, I guess I'll follow the light." I say it out loud to try to get my courage up. I'm going to need it because now the sun is disappearing behind the sand dunes.

While I walk towards the horizon that is turning red, I can't help but think about all the animals that might be hiding in the shadows that lengthen with every step I take.

I wish I had the Jack of Hearts's armor now to protect me . . . but wait. What was that? It sounded like a tiger growling. Yes, it is a tiger! And he's very close!

GRRR . . . I'm hungry from my head to my feet
for a little kid with tender meat!

What can I expect after everything that's happened to me today? I'm about to be eaten alive by a talking tiger. No, worse than that—a tiger who makes rhymes!

GRRR . . . the finest poets have a tail and four paws.
I'll recite my verses with you in my jaws.

With that, the tiger starts running at me. At first, I can only hear the horrible padding of his huge paws. But now I see his yellow eyes floating in the darkness like two fierce suns. They're getting bigger and bigger!

GRRR . . . ahora sí estás solito—
sin casa y sin tu padrecito.

Bueno, no tendré padre, pero sí tengo memorias de él y
. . . ¡sí! ¡Tengo su navaja! Si la puedo sacar de la *bolsa* para
defenderme, pero ¿dónde está?
Debe estar en esta *bolsa* de mis Levis. ¿Cómo es que
he perdido la navaja de papá? Con frenesí la busco en
todas las *bolsas*, mientras que el tigre echa su último
verso:

GRRR . . . olvídate de navajas, tú ya no llevas *chanza.*
Prepárate, chico, para conocer mi panza.

El tigre acaba el verso con un rugido escalofriante. ¡Ya
está tan cerca que puedo oler su resuello fétido!
¡La navaja! ¡Al fin la hallo en el fondo de la *bolsa!* La
saco rápidamente como los vaqueros sacan la pistola, y la
abro al mismo momento que el tigre da un salto.
Me alisto para recibir la zarpada que me despeda-
zará—pero, no. El tigre no me aplasta con sus poderosas
patas porque . . . bueno, porque no es tigre.
Esta fiera no es nada más que un gatito. Cuando cae
en mis brazos, no lo tengo que mirar para saber qué gato
es. Conozco este ronroneo tan serio. Sí, ¡es el gato de tía
Zulema; es Sueño!
—¿Eras tú el que me echaba esos versos tan horribles?
—pregunto al gato de muchos colores. Lo froto detrás de
las orejas, como les gusta a los gatos. Pero siempre Sueño
empieza a retorcerse en mis brazos, tratando de librarse
de ellos.
Sé que cuando hace eso, es imposible detenerlo, pues
se pone como una *lumbriz* sebosa. De modo que lo

GRRR . . . now you truly are alone,
            without a father and with no way home.

Well, I may not have a father, but I do have memories
of him and . . . hey! I've got his pocketknife! If I can just
pull it out of my pocket in time to defend myself, but—
where is it?

It should be in the pocket of my jeans. How could I
have lost my father's pocketknife? I search all my pockets
frantically while the tiger recites one last verse:

GRRR . . . forget that pocketknife that
            won't even cut—
               prepare yourself, boy, for a home in my gut.

The tiger finishes his verse with a chilling roar. He's so
close to me now that I can even smell his foul breath!

The pocketknife! Finally, I've found it in the bottom
of my pocket! Pulling it out as fast as a cowboy drawing
his gun, I open it just as the tiger leaps at me.

I get ready to be torn to shreds by his claws—but, no.
The tiger doesn't flatten me with his powerful legs because . . . because he's not really a tiger at all.

This terrible beast is just a house cat. When he falls
into my arms, I don't even have to look at him to know
who it is. I recognize that deep purr. Yes, it's *tía* Zulema's
cat, Dream!

"Were you the one who was reciting those terrible
poems?" I ask the cat of many colors. I scratch him behind the ears, the way cats like to be scratched. Still,
Dream squirms in my arms, struggling to get free.

I know when he does that it's impossible to hold on to
him. It's as if he turns into a greased worm. So I just let
him go. But he doesn't jump to the ground. Instead, he

suelto. Pero no brinca para abajo sino que se me trepa sobre los hombros. Se me acuesta en la nuca y ronronea tan fuerte que siento estar dentro de las narices de mi abuelo cuando ronca.

Mientras tanto, abro la navaja que todavía traigo en la mano. Pruebo el filo de la hoja grande en los vellos del brazo.

—¿Todavía tendrá filo?

Levanto la cabeza para ver una figura en las sombras. ¡Será él!

—Usala para rajar la noche —me dice antes de desparecer en las tinieblas.

—¿Cómo hago eso? —pregunto, pero quizá mi mano sabe algo que yo no sé, porque alza la navaja sobre mi cabeza y la clava en la oscuridad.

Luego, para mi gran sorpresa, voy rajando la noche desde arriba hasta abajo. Se abre con un sonido de tela que se rasga. No, mejor suena como un trueno en la distancia. Por una hendedura brota una luz roja.

Ahora, dándome prisa, hago una cortada horizontal arriba y otra abajo de la hendedura. Cojo los dos colgajos de la noche—son vellosos, casi como la piel de Sueño pero más suaves aún—y los *jalo* para hacer una abertura. Dando un paso indeciso, paso al otro lado.

Tan pronto como suelto los colgajos de la noche, solos se cierran y sellan la abertura detrás de mí. Pero, ¿en dónde habré parado? También es noche de este lado, pero menos oscuro por la luz roja que emana de esta montaña de *vidrio* en donde estoy.

Esta montaña es de puro cristal, o, mejor dicho, muchos cristales apilados, unos sobre otros. Algunos de los cristales son tan grandes como una casa, y todos tienen ángulos muy agudos.

climbs up on my shoulders and stretches out on the back of my neck. He begins purring so loudly I feel like I'm inside my grandpa's nose when he's snoring.

Meanwhile, I open the pocketknife that I'm still holding in my hand. I test the sharpness of the large blade on the hairs of my arm.

"Is it still sharp?"

I lift my head to see a figure in the shadows. It must be him!

"Use it to cut the night open," he tells me as he disappears into the shadows.

"How am I supposed to do that?" I ask, but my hand seems to know something that I don't, for it lifts the pocketknife up over my head and stabs it into the darkness.

I can't believe it, but I'm cutting the night open from top to bottom. It makes a sound like cloth does when you rip it. No—it sounds more like thunder from a distance. A red light shines through the tear in the night.

Now I work faster. I make a cut crosswise at the top of the slit, and then I make another one at the bottom. I grab the two flaps of the night—they're fuzzy, almost like Dream's fur, only softer—and I pull them apart to make an opening. With hesitation, I step over to the other side.

As soon as I let go of the flaps of the night, they close by themselves and seal the opening behind me. But where have I ended up now? It's nighttime on this side, too, but it's not quite as dark because of the red light that's coming from the glass mountain I'm standing on.

This mountain is made out of pure crystal or, I should say, a lot of crystals piled on top of each other. Some of the crystals are as big as a house, and they all have sharp angles.

Los mismos cristales parecen arder como brasas en un fogón de tierra, sólo que están fríos, muy fríos. Lo curioso es que conozco este monte cristalino. No sé cómo. Tal vez lo recordaré de un sueño—no, mejor dicho, es como si yo hubiera despertado en un sueño familiar.

Bueno, todavía tengo a Sueño conmigo, aún acurrucado sobre mi nuca. Maúlla por primera vez. Cuando vuelvo la cabeza para verlo, veo al soldado escalando los cristales rojos de la montaña.

—¿Subir otra vez? —digo, ya rendido y bien aburrido. No sé si pueda seguir. Pero, ¿qué más puedo hacer?

De buena suerte Sueño no pesa mucho porque necesito todas mis fuerzas para escalar estos cristales tan resbalosos. Tengo precaución porque sé que un mal paso y allí vamos resbalando hasta abajo los dos, Sueño y yo.

Los cristales están tan fríos que apenas los puedo tocar. ¡Ya me hielo!

¿Me quedaré congelado en esta montaña? ¡Ay, Dios!— ya estoy tan fatigado que no puedo ni subir ni bajar. ¡YA NO PUEDO MAS!

—No tengas miedo —me dice una voz al oído. Será Sueño, pero me habla con la voz de mi madre.

—Acuérdate que ya eres el hombre de la casa —me sigue diciendo.

—Pero ya quiero regresar a casa —digo.

—Estás por llegar. Tú sabes a quién sigues.

—Quiere decir que . . . ?

—Sí, *m'ijo*, es él. Nunca te he dicho mucho de él porque me duele recordarlo—tú ya lo sabes.

—Pero yo no puedo recordar casi nada de él.

—Las memorias que tienes son lo suficiente, *m'ijo*—

But why are these crystals glowing like coals in a fireplace, when they're cold, very cold? I have a strange feeling that I know this crystal mountain. I don't know how, but it's as if I remember it from a dream. No, it's more like I just woke up in an old dream.

Of course I still have my Dream with me, stretched out on the back of my neck. He meows for the first time. When I turn my head to look at him, I spot the soldier climbing up the red crystals of the mountain.

"More climbing?" I say. I'm so tired and weary of all this. But what else can I do?

Luckily, Dream is not too heavy because I need all my strength to scramble up these slippery crystals. I have to watch out because one false step and both Dream and I will go sliding down all the way to the bottom.

The crystals are so cold I can hardly stand to touch them. I'm freezing to death!

Am I going to end up frozen on this mountain? Oh God—I'm so exhausted I can't go any farther, either up or down! I CAN'T GO ON ANYMORE!

"Have no fear," a voice says in my ear. It must be Dream, but he's talking in my mother's voice.

"Remember that you're the man of the house now," the voice continues.

"But I want to go home," I say.

"You're almost there. You know who you are following."

"You mean . . . ?"

"Yes, *m'ijo*, it's him. I've never told you much about him because you know how much it hurts me to remember."

"But I can't remember hardly anything about him."

"The memories you have are enough—your memories

tus memorias y tu imaginación. Sólo confía en ti mismo, y verás.

Sí.

Allí está, de pie en el mismo cristal que yo. Ahora no vuelve la cara ni desaparece. Permanece mirándome mientras me acerco a él.

Sí, sé quién es. Veo el bigote, el mismo bigote que he visto en las nubes.

and your imagination. Now, just trust in yourself and you will see."

Yes.

There he is, standing on the same crystal with me. This time he doesn't turn and disappear. He remains standing there as I approach him.

Yes, I know who he is. I see the mustache, the same mustache I've seen in the clouds.

TEN

The Cinnamon Winds

DIEZ

Los vientos de canela

Papá.

Primero lo digo para mis adentros. Luego la palabra me surge de la boca como un pájaro que se escapa de la jaula.

—¡Papá!

El sonríe y yo corro a encontrarle. Doy un salto, seguro que me tomará en los brazos. No es imagen ni sueño. ¡Es mi papá! Mi papá con el bigote risueño y las manos gigantescas.

Es mi papá que me levanta con brazos de granito, soltando a la vez una risa tan fuerte que hasta al monte le hace cosquillas, pues parece que los mismos cristales imitan la carcajada.

—*M'ijo*—¡triunfaste! —dice, y vuelve a reírse mientras me vuelve al suelo cristalino que sigue vibrando con aquella risa incontenible.

Estoy fuera de mí de lo contento que estoy. Me siento como si mi cumpleaños, la Navidad, y el primer día de vacaciones de verano hubieran llegado a la vez.

—¡Papá! ¡Es usted! ¡No puedo creerlo! ¿Cómo llegó acá? —pregunto, mirándolo fijamente. Es como verme en el espejo, pero con bigote.

Teniéndome por los hombros, me devuelve la mirada y me dice, —No, *m'ijo*, tú eres el que viniste *pa'cá*. ¡Yo sabía que podrías hacerlo!

—Pero, papá, yo no vine aquí de propósito. Yo lo seguía a usted.

—No, *m'ijo*, a mí no. Te seguías a ti mismo.

—¿Cómo?

—Pues, mira esta foto que me ha enviado tu mamá. La llevo conmigo por dondequiera que voy.

Papa.

At first, I say it to myself. Then the word flies out of my mouth like a bird escaping from its cage.

"Papa!"

He smiles and I go running. I leap into his arms, knowing he will catch me. He's not a vision or a dream. It's my papa! My father with the happy mustache and the huge hands.

It's my papa who breaks out in laughter as he lifts me to the sky in his granite arms. His laugh is so loud it even tickles the mountains; it seems like the crystals themselves are echoing it.

"My son—you made it," he says, laughing again as he lowers me to the crystal ground that's still shaking with that uncontrollable laugh.

I'm so happy I don't even fit in my own body. It feels like my birthday, Christmas, and the first day of summer vacation have all come at the same time.

"Papa! It's really you! I can't believe it! How did you get here?" I ask as I stare at him. It's like looking at myself in the mirror, but with a mustache.

Holding my shoulders, he returns my gaze and says, "No, *m'ijo*, you're the one who came here. I knew you could do it!"

"But, Papa, I didn't come here on purpose. I was following you."

"No, *m'ijo*, it wasn't me. You were actually following yourself."

"What?"

"Well, take a look at this picture your mother sent me. I carry it with me everywhere I go."

Mi papá se saca algo del bolsillo de la camisa del ejército. Al principio creo que es una vieja foto, pues se ve muy ajada. Pero luego me doy cuenta que no es del todo una foto.

—Pero, papá—esta es una carta de naipes. No soy yo.

—Sí es, *m'ijo*. Mírala.

No me sorprende ver que la carta que tiene en la mano es la sota de copas.

—Este caballero eres tú, y soy yo, también. Tú dirás que tiene un sólo ojo, pero no es cierto. Tiene el otro ojo también, pero está al reverso de la carta donde no se puede ver.

—¿Un ojo invisible, papá?

—Sí, *m'ijo*. Yo te miro con ese ojo invisible.

—Y fíjate en este corazón —continúa, señalándome el corazón rojo de la carta—. Este es tu corazón que se fue formando del mío. Yo vivo por tu corazón. ¿No sabes que tú también me llevas a mí por dondequiera que vas?

Una luz cae sobre la cara de papá que vuelve a reír, pero ahora con sus ojos más brillantes. Pero, ¿de dónde viene esta luz? ¿Será la luna llena que C.M. siempre menciona en sus cuentos?

Alzo la vista, pero no veo ninguna luna. No, esta luz viene de una hilera de tres estrellas que brillan como tres madrugadas.

—Las Tres Marías —digo.

—Sí, hijo, son las Tres Marías. Quiere decir que la noche está para acabarse.

Es entonces que me doy cuenta que Sueño ya ha desaparecido. A dónde se habrá ido no lo sé, pero hay mucho que yo no comprendo.

—Papá, todavía no entiendo cómo llegamos acá.

—Por los sueños, *m'ijo* —responde—. Cuando estuve en el otro lado del mundo durante la Guerra, al acos-

My father pulls something from the pocket of his army shirt. At first I think it's an old, worn-out photo. But then I realize it's not a photograph at all.

"But, Papa—this is a playing card. It's not me."

"Yes it is, *m'ijo*. Look at it."

I'm not surprised when I look at the card in his hand and see it's the jack of hearts.

"You are this knight, and I am, too. You might say he only has one eye, but that's not true. He has the other eye, too, but it's on the opposite side of the card where you can't see it."

"An invisible eye, Papa?"

"Yes, *m'ijo*. I watch you with that invisible eye."

"And look at this heart," he goes on, pointing at the red heart on the card. "This is your heart which was formed from my own. I live through your heart. Don't you know that you also carry me with you wherever you go?"

A light falls on my father's face. He laughs again, only this time with his shining eyes. But where is that light coming from? Is it the full moon that C.M. always talks about in her stories?

I look up, but I don't see the moon. No, this light is coming from a row of three stars that burn like three dawns in the night.

"The 'Three Marías,'" I say.

"Yes, my son, it's the 'Three Marías.' That means the night is almost over."

It's then that I notice Dream has disappeared. I can't say where he went, but, then, there's so much I don't know.

"Papa, I still don't understand how we got here."

"Dreams brought us here, *m'ijo*," he replies. "When I was on the other side of the world during the War, I

tarme siempre pensaba en ti. Cada noche me soñaba contigo. Mientras dormía te tenía en los brazos. Sentía tus manitas que me apretaban un dedo, olía tu aliento, y oía tu llanto.

—Pero esto no es sueño, papá —le digo, apretando cada dedo de sus grandes manos como prueba de la realidad.

—Los sueños también son ciertos, hijo. No hay nada en el mundo más poderoso que los sueños. Un sueño puede cambiar el mundo.

—Pero —continúa, estrechándome a su pecho—, los sueños míos no tenían suficiente poder. Eran los tuyos los que me llamaban del otro lado, tanto tus sueños de día como los de noche.

—Por eso vine al jardín de beísbol, porque tú me llamabas con tus sueños.

—Pero, papá —le pregunto—, ¿por qué tuvimos que pasar tan grandes apuros para llegar acá?

—Era el único modo que podías verme.

—¿Por qué?

—Tú pensabas no tenerle miedo a nada. Pero nunca te habían puesto a prueba. Vivías una vida muy protegida donde el peligro más grande eran los tigres que imaginabas mientras jugabas en el jardín de tía Zulema.

—Pero para verme a mí, tuviste que abandonar ese mundo protegido. Tuviste que ir más allá del cerco de tía Zulema, más allá de la escuela, y del río.

—Tuviste que atravesar la selva, subir el monte, y aguantar el calor del desierto. Más que nada, tuviste que comprender que sí tenías miedo. Sólo con arrostrar tu miedo podías verme.

—Sí, he tenido mucho miedo hoy, papá.

—Pero no te diste por vencido, hijo. Triunfaste. Te lanzaste derecho a la Muerte en todas sus formas, y cada

would always think of you before I went to sleep. I dreamt of you every night. While I slept, I held you in my arms. I felt your tiny hands wrapping around my finger, I smelled your breath, and I heard your cry."

"But this is not a dream, Papa," I tell him, squeezing each finger of his huge hands to prove how real he is.

"Dreams are real as well, my son. There's nothing in the world more powerful than dreams. A dream can change the world.

"But," he continues as he draws me to his chest, "my dreams alone were not enough. It was your dreams that called me from the other side, your daydreams as well as your dreams at night.

"That's why I came to the baseball field, because you were calling me with your dreams."

"But, Papa," I ask him, "why did we have to go through so much to get here?"

"It was the only way you could see me."

"But why?"

"You thought you were fearless. But you had never been put to the test. You lived a very protected life, where the biggest danger was the tigers you imagined as you played in *tía* Zulema's garden.

"But to see me you had to leave your protected world behind. You had to travel beyond *tía* Zulema's fence, beyond the school, and beyond the river.

"You had to cross the jungle, climb the mountains, and withstand the heat of the desert. More than anything else, you had to learn you were afraid. It was only by facing your fears that you could see me."

"Yes, I've been very afraid today, Papa."

"But you didn't give up, son. You did it. You ran straight at Death in all her forms, and you knocked her

vez la derribaste. Y ahora has escalado la montaña de cristal donde soplan los vientos de canela. Me haces sentir muy orgulloso, *m'ijo*.

—Y ahora, dejáme darte un abrazo antes de irme.

La alegría que tenía de repente se convierte en pánico.

—¡No, papá! ¡Por favor—no se vaya!

—Tengo que irme, hijo. Y tú también tienes que regresar a tu mundo. Pero que nunca se te olvide que compartimos un sólo corazón.

Con eso, mi papá me estrecha entre sus brazos, y es como si yo estuviera derritiéndome en su ser, como si ya no tuviera mi propio cuerpo. ¡Ahora soy parte de él!

Empieza a soplar una brisa calurosa, una brisa picante y dulce a la vez que me hace reír la nariz.

—Los vientos de canela —digo, pero en la voz de mi padre. Con sus ojos miro hacia donde soplan esos vientos.

Será el oriente porque allí está el sol a punto de salir. Yo sé que ha venido del otro lado. Es el sol de China, el sol que por fin acabará con la noche.

Sale el sol y baña el monte con su luz, una luz tan brillante que hace resplandecer los cristales con todos los colores del arco iris. No tengo nombre para todos estos colores, pero los veo. Ya no necesito los anteojos de tía Zulema para ver porque lo veo todo con nuevos ojos. Ahora sí puedo ver todos los colores del mundo.

· · · · ·

Quién sabe cuánto tiempo he pasado con los ojos perdidos en estos colores. Lo cierto es que fue la voz de tía Zulema lo que me hizo apartar los ojos del arco iris sobre la pared.

down every time. And now you've climbed the crystal mountain where the cinnamon winds blow. I'm very proud of you, *m'ijo*.

"So, now, let me hug you before I have to go."

All my happiness suddenly turns into panic. "No, Papa! Please don't go!"

"I must go, my son. And you, too, must return to your own world. But never forget that we share a single heart."

With that, my father embraces me, and it feels like I'm melting into him, like I no longer have a body of my own. Yes, now I'm a part of him!

A warm breeze begins to waft over me. It's sweet and spicy at the same time, and it makes my nose laugh.

"The cinnamon winds," I say, but in his voice. And it's his eyes I use as I look in the direction from which the winds are blowing.

It must be the east because the sun is about to rise. I know it has come from the other side. It's the sun from China, the sun that will at last finish off the night.

The sun bursts over the horizon, bathing the mountain in light. The light is so brilliant it makes the crystal mountain glow with all the colors of the rainbow. I don't even have a name for all these colors, but I can see them. I no longer need *tía* Zulema's glasses because I'm seeing with new eyes. Now I can truly see all the colors in the world.

· · · · ·

Who knows how long I've been here with my eyes lost in these colors. All I know is that it was *tía* Zulema's voice that finally got me to look away from the rainbow on the wall.

—Toma un dulce, hijo. Sé que estos acanelados son tus favoritos —me dijo.

Fue entonces que me di cuenta que el sol que entraba por la ventana le pegaba al platito de *vidrio* tallado en la mesita, haciendo un prisma sobre la pared.

—Pero, ¿qué ha sido de la montaña de cristal? Y mi *tata*, ¿dónde está?

No me respondió tía Zulema, que seguía sentada donde mismo al otro lado de la mesita.

—Tía, ¿qué pasó? ¿Cómo llegué aquí? Yo estaba en un lugar muy misterioso. . . .

—Ya lo sé, *m'ijo* —me interrumpió.

—¿Usted sabe del monte cristalino y de la justa en la Cañada Bonita y del tigre que compone poemas y . . . ?

—Todo lo sé, hijito—todo.

—Pero ¿cómo, tía?

—Por Sueño, *m'ijo* —respondió, frunciendo los viejos labios en dirección al gato.

Miré detrás de mí y, en efecto, allí estaba Sueño acostado sobre el respaldo de mi *silleta*.

—¡Mi Sueño! —exclamé, levantándolo y acariciándolo. En seguida, se puso a ronronear tan recio como un tigre.

—¿Ya no te gustan los dulces? —preguntó tía Zulema con esa risita tan suya.

—¡Sí, tía—mucho! —respondí. Estaba tan preocupado por todo lo que me había pasado que hasta se me había olvidado tomar uno de esos tesoritos de canela.

Al alargar la mano para tomar uno, me di cuenta que había una carta de naipes entre los dulces.

—La sota de copas —dije con una sonrisa de oreja a oreja.

—Llévatela. A ti te pertenece ya —me dijo tía Zulema—. Y ya sabes dónde está tu papá, ¿verdad?

"Have a candy, *m'ijo*. I know these cinnamon ones are your favorites," she told me.

It was then that I realized the sunlight coming through the window was hitting the cut glass bowl on the table and creating a prism on the wall.

"But what happened to the crystal mountain? And my daddy, where is he?"

Tía Zulema didn't say a word. She just sat there in the same place across the table from me.

"*Tía*, what happened? How did I get here? I was in such a mysterious place. . . . "

"I know, *m'ijo*," she interrupted me.

"You mean, you know about the crystal mountain and the joust in the Cañada Bonita and the tiger that makes up poems and . . . ?"

"Yes, I do, *m'ijo*—I know everything."

"But how, *tía?*"

"Because of Dream," she replied, gesturing with her ancient lips.

I looked behind me, and there was Dream, lying on the back of my chair.

"My Dream!" I shouted, picking him up and petting him. He immediately began purring as loudly as a tiger.

"Don't you like my candies anymore?" *tía* Zulema asked with her familiar laugh.

"Yes, *tía*, I do!" I replied. I was so wrapped up with everything that had happened, I had forgotten all about her cinnamon riches.

As I reached for a candy, I noticed there was a playing card stuck between them.

"The jack of hearts," I said with a wide smile.

"Take it. It's yours now," *tía* Zulema told me. "And now you know where your father is, no?"

—Sí, tía —dije, sacando la carta del platito y guardándola en la *bolsa* izquierda de la camisa—. Aquí lo llevo conmigo, en el corazón.

Luego tomé varios dulces para disfrutar de ellos más tarde. Yo creo que tía Zulema reparó en mí, pero no me dijo nada. Sólo se quedó mirándome con los ojos risueños que le bailaban más que nunca detrás de los anteojos.

Sus anteojos maravillosos que lo ven todo.

"Yes, *tía*," I said as I pulled the card out of the bowl and stuck it in my left shirt pocket. "He's right here with me, in my heart."

Then I grabbed a few extra candies to enjoy later on. I think *tía* Zulema saw me, but she didn't say anything. She just watched me with her smiling eyes that danced more than ever behind her glasses.

Her magic glasses that see everything.

GLOSSARY

acafetado: (A non-standard Spanish term used in New Mexico—hereafter, NMS), *moreno*, brown.

agüelito: (NMS), *abuelo*, grandfather.

albarcoque: (NMS), *albaricoque*, apricot.

almorzar: (NMS), *desayunarse*, to have breakfast.

atarantarse: (NMS), *marearse*, to get dizzy.

bizcochito: (NMS), a sugar cookie.

bolsa: (NMS), *bolsillo*, pocket.

cabresto: (NMS), *soga*, rope.

calorón: (NMS), *mucho calor*, great heat.

capulín: (NMS), chokecherry.

chanza: (NMS), chance.

chiflón: (NMS), *tubo de estufa*, stovepipe.

chíquete: (NMS), *chicle*, chewing gum.

chupar: (NMS), *fumar*, to smoke.

colcha: (NMS), homemade embroidered coverlet, bedspread.

colorado: (NMS), *rojo*, red.

comadre: godparent, ritual co-parent.

la comadre Sebastiana: figure of Death in New Mexican tradition.

cuartón: (NMS), log, beam.

cuento: story.

culeca: (NMS), brooding hen (*gallina culeca*).

cunquián: (NMS), a traditional card game similar to rummy.

curre: (NMS), *corre,* run.

darle gas: (NMS), give it gas, i.e., step on the gas pedal, speed up, or go for it (slang).

dicho: (NMS), *refrán,* folk saying.

empapá: (NMS), term of endearment and respect for papa, father.

flashelaite: (NMS), *linterna eléctrica,* flashlight.

fonazo: (NMS), *gran diversión,* a lot of fun.

fuliar: (NMS), *engañar,* to fool or trick.

guaje: (NMS), *calabaza,* gourd.

güeja: (NMS), *cabeza,* head or noggin.

güeno: (NMS), *bueno,* good.

hocico: (NMS), mouth, snout.

el Huérfano: Place name meaning "orphan," often given to solitary buttes.

izque: (NMS), *diz que,* they say that.

jalar: (NMS), pull.

lámpara de aceite: (NMS), *lámpara de petróleo,* kerosene lamp.

la Llorona: Literally, "the weeping woman." Figure in traditional Hispanic legend of a woman who drowns her children and is condemned to spend eternity weeping and searching for them along a river.

lumbriz: (NMS), *lombriz,* earthworm.

manejar: (NMS), *conducir,* to drive a vehicle.

mano: (NMS), (from *hermano*), friend.

medanales: (NMS), (from *médano*), nothing but sand dunes.

m'ijo: Contraction of *"mi hijo,"* my child.

mocosito: (NMS), *jovencito,* little snot nose.

muncho: (NMS), *mucho,* much, a lot of.

nalgada: (NMS), *zurra,* spanking.

nicle: (NMS), nickel.

oítes: (NMS), *oíste,* you heard.

olla: (NMS), pot, as in traditional pottery made by the Indians of New Mexico.

pa'cá: (NMS), *para acá,* this way.

pa'hacer: (NMS), *para hacer,* to do or make.

pajalabrota: *palabra inventada por el autor (pájaro + palabrota), palabra difícil hablada por un pájaro* (author's coined word for a difficult word spoken by a bird).

papalote: (NMS), *cometa,* kite.

pa'rriba: (NMS), *para arriba,* upwards.

petaquilla: (NMS), *baúl,* trunk or footlocker.

pinabete: (NMS), pine tree.

pintarse: (NMS), *alejarse,* to leave or split (slang).

primer libro: (NMS), first grade.

punche: (NMS), *tabaco nativo de Nuevo México,* homegrown tobacco.

pus: (NMS), *pues,* well.

ranchera: a typical Mexican song.

ratón volador: (NMS), *murciélago,* bat (literally, "flying mouse").

recámara: (NMS), *dormitorio,* bedroom.

rito: (NMS), *río pequeño,* stream, small river.

Santo Niño: the saint of the Infant Jesus, found in many New Mexican churches and chapels. He is known for his protection of children.

silleta: (NMS), *silla,* chair.

sopanda: (NMS), *resorte,* spring.

tata: (NMS), *padre,* dad.

tía: aunt.

traime: (NMS), *traeme,* bring me.

trementina: (NMS), piñon or pine pitch.

troquita: (NMS), *camioneta,* truck or pickup.

truchar: (NMS), *ir a pescar,* to go fishing.
trujera: (NMS), *trajera,* brought.
usté: (NMS), *usted,* you.
vamos: let's go.
vide: (NMS), *vi,* I saw.
vidrio: (NMS), glass, crystal.
yeli: (NMS), *jalea,* jelly.
zacate: (NMS), *hierba,* grass, hay.
zoquete: (NMS), *lodo,* mud.

The Author

Author of eleven books of poetry, fiction, and non-fiction, Jim Sagel bases much of his work on the people and culture of northern New Mexico. He has been a bilingual educator for the last twenty years, working in school districts throughout the state. Sagel has won numerous awards for his works, including the prestigious "Premio Casa de las Americas," widely regarded as the Latin American equivalent of the Pulitzer Prize. Sagel's last book is *Dancing to Pay the Light Bill* (Red Crane Books, 1992).

Other Books for Young Readers from Red Crane Books

The Navajo Brothers and the Stolen Herd
by Maurine Grammer

Peril at Thunder Ridge
by Anthony Dorame